Amoureuse d'un mystérieux patron

ALLY BLAKE

Amoureuse d'un mystérieux patron

Traduction française de
ISABELLE DONNADIEU

AZUR

HARLEQUIN

Collection : Azur

Titre original :
HIRED BY THE MYSTERIOUS MILLIONAIRE

HARPERCOLLINS FRANCE
83-85, boulevard Vincent-Auriol, 75646 PARIS CEDEX 13
Service Lectrices — Tél. : 01 45 82 47 47 - www.harlequin.fr
ISBN 978-2-2804-6636-3 — ISSN 0993-4448

Composé et édité par HarperCollins France.
Imprimé en février 2022 par CPI Black Print (Barcelone)
en utilisant 100% d'électricité renouvelable.
Dépôt légal : mars 2022.

MIXTE
Papier issu de sources responsables
FSC® C159065

Pour limiter l'empreinte environnementale de ses livres, HarperCollins France s'engage à n'utiliser que du papier fabriqué à partir de bois provenant de forêts gérées durablement et de manière responsable.

1.

— C'est lui, non ? C'est sûr.

Ignorant la voix pressante de son amie, Evie Croft savoura quelques instants le balancement régulier du train du matin sur la ligne Frankston avant d'ouvrir une application et de parcourir les petites annonces immobilières. Presque aussitôt, elle se redressa, sous le choc. Les loyers étaient exorbitants !

Surtout, ne pas paniquer. Elle trouverait une solution.

— Evie ! chuchota Zoé si fort que les lycéens assis face à elles levèrent les yeux de leur téléphone. Il est plongé dans un livre de la taille d'un dictionnaire, tu peux le regarder sans danger. Profites-en.

Zoé faisait référence à celui qu'elle surnommait le « petit ami du train » d'Evie. Evie avait déjà croisé par hasard le regard de ce beau gosse en costume sur mesure aujourd'hui, et bien d'autres fois, d'ailleurs, depuis qu'il avait commencé à prendre le train. Comment ne pas le regarder ? Et comment ne pas succomber à son charme mystérieux ? C'était impossible. Avec ses cheveux en bataille et sa barbe de trois jours, ce type était l'homme ténébreux par excellence.

— Arrête avec cette stupide application ! Ce n'est pas parce que Lance emménage que tu dois quitter mon appartement.

— Lance et toi attendez ce moment depuis que vous avez seize ans et il rentre enfin de mission la semaine prochaine. Je n'ai pas le choix.

Tandis que Zoé fermait les yeux, un sourire rêveur aux lèvres, Evie referma l'application immobilière. À une demi-heure de l'entretien d'embauche le plus important de sa vie, pour l'entreprise Game Plan, le paradis des codeurs, mieux valait rester concentrée.

— Ouvre plutôt l'autre application, fit Zoé en lui donnant un coup de coude. Non, pas celle-là, l'autre.

Evie se tourna vers son amie et, le regard plein de défiance, glissa son téléphone dans son soutien-gorge.

— Parce que tu penses vraiment que ça va m'arrêter ? demanda Zoé.

À vrai dire… non.

Comme Evie le craignait, Zoé se jeta sur elle pour attraper son téléphone, et elle bouscula le vieil homme assis à côté d'elle.

Le train du matin transportait des gens très différents – des lycéens blasés, des mamans épuisées avec enfants en bas âge, quelques personnes âgées, des employées aux ongles parfaitement manucurés… Chaque wagon rassemblait un échantillon parfait du microcosme de la ville.

Elle avait grandi dans un petit village, au nord d'Echuca. Petite, elle adorait écouter sa mère évoquer les quelques mois qu'elle avait passés à Melbourne, le bourdonnement créatif de la ville, la mode, les restaurants, le tatoueur qui lui avait inscrit le mot « Aventure » au creux du poignet… Après la mort de sa mère, Evie s'était promis qu'un jour, elle aussi irait à Melbourne découvrir la ville.

Malheureusement, elle n'en avait guère profité, ces deux dernières semaines.

— Alors, reprit Zoé après avoir attrapé son téléphone, voyons ce que le beau gosse en costume sur mesure a à dire.

Façon de parler. Le beau gosse ne lui avait jamais adressé la parole.

À l'exception du premier jour.

Ce jour-là, le train avait freiné si brusquement qu'elle avait trébuché et lui avait, malencontreusement, donné un coup de coude dans le ventre. Mortifiée, elle s'était tout de suite accroupie pour ramasser le livre qu'il avait laissé tomber. Il s'agissait de l'autobiographie de Jonathon Montrose, le fondateur de Game Plan, le pape des nouvelles technologies, son héros. D'ailleurs, c'était cet incident qui lui avait donné l'idée de postuler dans l'entreprise du grand homme.

Elle avait rendu son livre au beau gosse et s'était platement excusée. Mais face à lui, elle avait cessé de respirer. De près, il était si grand, si imposant, et il sentait si bon… Sous le choc, sous le charme, elle avait retenu son souffle jusqu'à ce qu'il s'éloigne pour se perdre dans la foule des travailleurs.

Elle jeta un coup d'œil discret en direction de l'homme. Il était en train de passer une main dans ses cheveux noirs, des cheveux brillants… Quelle beauté… Et cette barbe de trois jours, si sexy… Sa présence ajoutait vraiment du piquant aux trajets quotidiens. Les autres voyageurs allaient et venaient, prenaient parfois des trains différents, choisissaient un siège au hasard, mais le beau gosse s'installait toujours au même endroit, de l'autre côté de l'allée, à trois rangées d'elle.

Elle avait toujours aimé suivre une routine, et savoir qu'elle n'était pas seule dans ce cas la réconfortait.

— Bon sang, combien d'applications as-tu ouvertes en même temps ? s'impatienta Zoé.

Sans attendre sa réponse, elle lança celle qu'elle cherchait. *Discussions en ville*. Un réseau social développé par Game Plan, bien sûr. Cette entreprise était vraiment la meilleure dans son domaine.

— « Ligne Frankston », commença Zoé après s'être raclé la gorge. C'est la nôtre. « Voiture trois ». Nous sommes dans la voiture trois. « À la brune ensorcelante coiffée d'un bonnet ».

Comme pour accentuer l'effet, Zoé se tut et, lentement, laissa son regard remonter jusqu'au bonnet d'Evie, gris argenté, et surmonté d'un pompon arc-en-ciel, qu'elle avait tricoté elle-même. Un accessoire pas vraiment assorti avec la tenue sage qu'elle avait choisie pour son entretien. L'informaticienne qu'elle était ne pouvait tout de même pas se rendre à son entretien d'embauche en T-shirt Star Trek et baskets.

— Accroche-toi, reprit Zoé, la suite va t'étonner. Écoute.

Nouveau dans ton orbite, je me trouve frappé
Par tes cheveux de jais et tes yeux étoilés. Quelle chance
que je puisse te voir deux fois par jour.
Tu es mon phare dans cet océan d'inconnus.
Tes sourires ensoleillés illuminent mes journées.
Tes soupirs du soir apaisent mes nuits.
Si seulement j'avais le courage de t'aborder…
En attendant, je reste seul et je pense à toi.
Moi, ton admirateur secret.

— Eh bien…

— C'est toi, Evie ! Tu es la brune ensorcelante ! Si ce poème n'a pas été écrit pour toi, je suis prête à manger ton bonnet.

Instinctivement, Evie retira son bonnet.

Oui, elle portait des bonnets, où était le problème ? Elle était frileuse. C'était son grand-père qui lui avait appris à tricoter. Il lui avait aussi appris à faire ses lacets, à démonter et remonter le moteur d'un tracteur, à réussir la cuisson parfaite d'un steak… Il lui avait surtout appris à suivre sa curiosité où qu'elle la mène.

— Vois-tu dans ce wagon un seul autre homme capable d'écrire de la poésie ?

Ensemble, elles dévisagèrent les voyageurs. Les écoliers débraillés qui se faisaient des grimaces, la bande de gothiques lugubres, les hommes d'affaires avec leurs cravates de travers et leurs yeux cernés et… et le fringant gentleman au costume impeccable plongé dans son livre.

Soudain mal à l'aise, Evie remit son bonnet.

— Poésie ou pas, tout cela n'a pas d'importance.

— Pourquoi ?

Elle sortit un papier froissé de la petite poche de son sac à dos et le tendit à Zoé.

— Tu as gardé la prédiction du biscuit chinois de ton dîner d'anniversaire la semaine dernière ?

— Lis le message.

— « La malchance frappe toujours trois coups et les loups n'attaquent qu'en meute. »

Zoé éclata de rire et, vexée, Evie lui arracha le morceau de papier des doigts.

— Depuis que j'ai lu cette prédiction, ma vie est bizarre, dit-elle en le rangeant dans son sac.

— De quoi parles-tu ?

— Réfléchis.

— Ton travail.

— La perte de mon travail, plutôt. Le lendemain de la prédiction.

— Le lendemain de ton anniversaire ? Mais… Tu ne me l'as annoncé qu'une semaine plus tard !

— Parce qu'au moment où j'étais au bureau à regarder la police saisir mes ordinateurs, tu as appelé pour m'annoncer que Lance rentrait.

— D'accord. La perte de ton travail représente donc le premier signe de malchance.

— Déménager est le deuxième.

— Je te l'ai dit, tu n'es pas obligée… De toute façon, ces prédictions ne se réalisent que lorsqu'on respecte un certain nombre de règles. Tu dois avoir mangé le gâteau en entier, ne pas déchirer le papier…

— Je sais bien qu'il ne s'agit que d'un message généré par ordinateur. Malgré tout, je pense qu'il serait irresponsable de ma part de ne pas être vigilante.

Comment prendre cette prédiction à la légère ? Dans moins d'une heure, elle allait passer un entretien d'embauche chez Game Plan. Un entretien auquel elle n'aurait jamais eu le courage de se présenter si elle n'avait pas été désespérée. Elle était jeune, inexpérimentée, et son seul emploi durable avait été pour une société qui faisait désormais l'objet d'une enquête pour détournement de fonds.

Pour être plus précise, c'était Eric, le fils du directeur et son ex-petit ami, qui faisait l'objet d'une enquête.

Le train marqua un arrêt et Evie jeta un coup d'œil furtif au beau gosse.

Au même instant, celui-ci leva les yeux, non pas vers elle mais vers les autres passagers. Il faisait cela à chaque station, n'hésitant jamais à laisser son siège à des voyageurs âgés. Parce que c'était un gentleman. Un gentleman séduisant, cultivé et… Était-il possible qu'il ait posté un poème à son attention sur une application ?

Le timing correspondait – ils se voyaient matin et soir –, la ligne de train aussi. Sans compter tous les autres indices.

« Nouveau dans ton orbite. » Ils prenaient le même train depuis quelques semaines tout au plus.

« Je me trouve frappé. » Était-ce un clin d'œil au coup de coude qu'elle lui avait donné ?

« Tes yeux étoilés. » Elle possédait une impressionnante collection de T-shirts aux couleurs de Star Wars, de Star Trek…

D'habitude, elle préférait les hommes passe-partout de peur de perdre la tête comme sa mère, mais fantasmer sur le beau gosse était amusant parce qu'il n'appartenait pas à son monde. Par contre, l'idée qu'il l'ait repérée, et qu'il puisse craquer pour elle, lui donnait le vertige.

— Attends une seconde, fit soudain Zoé, la sortant de ses réflexions. Quel est le rapport entre le beau gosse et la prédiction ? Ah, je comprends. Après l'appartement et le travail, tu as peur que le troisième assaut de malchance concerne ta vie amoureuse. Mais c'est fantastique ! La malchance a déjà frappé puisque Eric t'a laissée tomber.

— Eric ne compte pas. Ça faisait des mois que notre relation périclitait. En plus, la malchance ne peut frapper qu'après que j'ai ouvert le cookie.

— Tu as arbitrairement décidé que l'homme le plus sexy

du monde n'était pas pour toi simplement parce que, d'après un biscuit chinois, la malchance risque de frapper ?

Evie laissa son regard se poser sur le beau gosse. Elle ne pouvait pas s'en empêcher. Avec le rayon de soleil qui dessinait son profil en ombre chinoise, il semblait tout droit sorti d'un vieux film en noir et blanc.

Un frisson la parcourut soudain. Une paire d'yeux bleu horizon venait de s'accrocher aux siens. Sous le choc, elle retint son souffle. Elle avait chaud, tout à coup. Très chaud.

Vite, détourne le regard, lui ordonna la petite voix de la raison, mais elle ne l'écouta pas. Elle suivit plutôt son cœur et sourit à l'homme. Elle ne pouvait pas faire autrement. Elle avait grandi à la campagne, elle souriait toujours à ceux qui la regardaient, tout comme elle disait systématiquement bonjour aux gens qu'elle croisait, et faisait un signe aux conducteurs qui s'arrêtaient pour la laisser traverser… Elle avait été élevée ainsi. Le problème, c'était que, dans ce train de banlieue bondé, elle se sentait comme une idiote à sourire bêtement à cet homme au regard féroce.

Au moment où le train entra dans un tunnel, elle vit son regard bleu horizon remonter jusqu'au sommet de sa tête, s'arrêter à son bonnet, puis il cligna une nouvelle fois des yeux, délaissa l'objet de son attention, et retourna à sa lecture.

— Tu as vu ça ? lui demanda Zoé à voix basse.

Oui, elle avait vu.

— Il n'arrivait pas à te quitter des yeux. C'est lui ! C'est lui, ton admirateur secret !

Le beau gosse en costume sur mesure avait-il secrètement le béguin pour elle ? À cette idée, son cœur se mit à battre plus fort dans sa poitrine.

À en croire son apparence, il devait lire de la grande littérature, manger dans de bons restaurants… De son côté, elle se nourrissait de pizzas bon marché, passait ses week-ends en pyjama à jouer en ligne et dormait sur un vieux futon défoncé, dans le salon de sa meilleure amie. Ils n'avaient rien en commun. Rien du tout. Alors mieux valait arrêter de rêver car tout cela finirait dans les larmes, et elle n'avait pas besoin d'un biscuit chinois pour le savoir.

Elle baissa les yeux vers son téléphone qu'elle serrait toujours entre ses mains.

Travailler pour Game Plan était un rêve. Le fait d'obtenir un entretien en était déjà un, surtout quand personne d'autre ne voulait prendre ses appels. Même si elle avait été mise hors de cause par les enquêteurs, son lien avec le responsable d'une fraude à grande échelle la rendait quasiment radioactive aux yeux des employeurs potentiels.

Stop. Hors de question de penser au passé, ce n'était pas le moment. Elle jeta plutôt un coup d'œil au tableau d'affichage des arrêts. Il ne lui restait plus que deux stations pour se reprendre une bonne fois pour toutes.

— S'il existe ne serait-ce qu'une chance infime que la prédiction se réalise, et qu'elle concerne ma vie amoureuse, ne serait-ce pas mieux d'être tout de suite fixée ?

Sans même attendre la réponse de Zoé, Evie se leva d'un bond et se faufila entre les rangées bondées.

Armand prit une profonde inspiration.

Depuis qu'il s'était installé dans ce train, il tentait de lire un livre sur le droit australien des brevets dans l'espoir de trouver la clé au problème pour lequel il avait été engagé. Sans succès, hélas. Le jeune homme tatoué assis à sa gauche ne cessait de lui donner des coups de coude.

Réprimant un soupir, il essaya à nouveau de se concentrer. Après tout, c'était pour relever ce défi qu'il s'était déraciné, avec l'idée que son esprit, occupé à la résolution du mystère, n'ait pas le temps de s'égarer dans des chemins sombres et tortueux.

Incapable de poursuivre sa lecture, il releva la tête et laissa son regard se promener dans le wagon, glisser sur l'écolière qui reniflait, sur l'homme qui ignorait l'existence du déodorant, sur les jeunes femmes qui gloussaient en se racontant leur journée de la veille, sur l'homme au parapluie… Son regard continua son chemin dans le compartiment et s'arrêta sur un pantalon noir qui avançait dans sa direction. Il leva les yeux et remarqua des ongles peints en noir. Il remonta encore et se fixa sur de longs cheveux noirs surmontés d'un bonnet gris avec un énorme pompon couleur arc-en-ciel.

— Salut, lui lança la propriétaire du bonnet.

— *Bonjour*, répondit-il en français.

— Vous êtes français ? Évidemment que vous êtes français.

Elle repoussa le bonnet à l'arrière de sa tête et il la reconnut. C'était une habituée qui voyageait parfois avec une amie blonde et bavarde. Quand elle était seule, elle portait de gros écouteurs blancs et chantait toute seule. Ces jours-là, elle semblait tellement perdue dans son monde qu'il ressentait le besoin de garder un œil sur elle, de peur qu'elle ne se fasse voler son sac.

— Vous aimez lire ?

Surpris, il cligna des yeux. Cela faisait un peu plus de deux semaines qu'il prenait quotidiennement le train et c'était la première fois que quelqu'un engageait la conversation avec lui.

— Oui, j'aime lire.

Machinalement, il referma son livre et en masqua la couverture. En bon dirigeant d'une profitable entreprise de sécurité, il avait l'habitude de prendre des précautions.

— Vous écrivez, aussi ? poursuivit la jeune femme.

Sans attendre sa réponse, elle reprit.

— Il y a écriture et écriture. Écrire un texto et un roman de mille pages sont deux choses très différentes, ou une liste de courses et…

Alors qu'elle continuait à énumérer les multiples types d'écriture, le train freina dans un fort crissement métallique.

— Et puis, il y a la poésie.

— La poésie ?

Elle hocha la tête. Elle attendait manifestement une réponse de sa part. Parce qu'elle lui avait posé une question ? Pour être honnête, il avait plutôt l'impression d'avoir déboulé dans une conversation qui ne le concernait pas.

— Vous me demandez si j'aime la poésie ? Oui, j'aime la poésie. Certains poèmes peuvent vous faire rire, d'autres vous faire pleurer ou vous faire réfléchir. Vous n'êtes pas d'accord ?

— Je n'ai jamais vraiment réfléchi à la question… Mais je suis admirative de la compétence que l'écriture poétique exige. Trouver des mots qui riment, la cadence parfaite…

— Lisez attentivement et vous verrez qu'un poète qui parle d'un chat assis sur un tapis ne parle jamais vraiment d'un chat assis sur un tapis.

Elle écarquilla les yeux.

— De quoi parle le poète, alors ?

— Il fait la cour, répondit-il en se penchant vers elle.

— Il fait la cour ? Peut-être, mais… En fait, je suis dans une période de transition, en ce moment. Je n'ai pas le temps de faire la cour. Ni d'être courtisée.

— Alors vous devriez éviter la poésie.

Le train s'arrêta et, pressé de descendre, il glissa son livre dans sa mallette pour se lever.

— C'est mon arrêt.

— Je sais.

Elle le savait ?

— Je veux dire, d'accord, corrigea-t-elle avant de rester bouche bée, comme si elle voulait encore parler mais que les mots étaient prisonniers des méandres de son esprit tourmenté.

— Excusez-moi.

Tentant de s'agripper à la main courante au-dessus d'elle, elle trébucha et lui écrasa le pied.

— Je suis désolée !

Il fronça les sourcils, un souvenir lui revenait à la mémoire.

En fait, ils avaient déjà discuté. Le premier jour où il avait pris le train. Elle lui avait donné un coup de coude dans le plexus solaire.

— La Fille qui vise dans le mille, murmura-t-il, songeur.

— Pardon ?

Les portes s'ouvrirent et il posa brièvement une main sur le coude de la jeune femme avant de rejoindre le flot de voyageurs qui se dirigeaient vers la sortie.

Quelle surprenante jeune femme. Quelle fascinante jeune femme, même, capable de le distraire avec une ferveur qu'aucun livre, défi ou mystère n'avait encore réussi à susciter.

2.

Evie se perdit deux fois sur le chemin des bureaux de Game Plan.

Pour commencer, elle n'était pas descendue du train au bon arrêt. Hors de question de suivre le beau gosse en costume sur mesure. Après leur conversation surréaliste, il aurait à coup sûr appelé la police si elle l'avait suivi et qu'il s'en était aperçu.

Ensuite, après avoir trouvé la petite ruelle aux murs chargés de street art indiquée sur le site Internet de Game Plan, elle l'avait remontée jusqu'au bout sans trouver l'entrée des locaux.

Mais tout cela n'était pas sa faute. C'était la faute de l'envoûtant regard orageux du beau gosse. C'était la faute de son accent, de son parfum, si masculin, si ensorcelant, de son charisme… Comment garder la tête froide alors qu'il avait touché son coude ?

Elle leva les yeux au ciel.

Elle se targuait d'un véritable talent pour repérer les logiques dans les chiffres, dans les textes, dans l'architecture, dans la nature… Malheureusement, elle n'avait pas le même don pour lire les gens. Le choix de ses amoureux en était la preuve. Alors, le beau gosse avait-il écrit le poème ? Elle n'en avait toujours pas la moindre idée.

Fichue prédiction ! Que ses pouvoirs soient réels ou non, elle n'était plus la même depuis qu'elle l'avait lue. Donc, plus vite elle mettrait toute cette histoire derrière elle et reprendrait sa vie en main, mieux ce serait.

Elle s'arrêta au milieu de la ruelle et prit une profonde inspiration.

— Reprends-toi, ma fille. Et vite.

Elle examina les lieux alentour et remarqua soudain une discrète porte blanche au milieu d'un mur de briques blanches. Ça devait être là.

— Allez, tu peux y arriver. Tu vas y arriver.

Elle commençait tout juste à se faire un nom dans le métier, après avoir découvert et réparé une faille dans le système de sécurité de la Réserve fédérale, lorsque la situation avait dégénéré dans son dernier emploi ; sa réputation en avait pris un coup. Depuis, la plupart de ses contacts ne répondaient plus à ses appels et les rares qui les acceptaient se contentaient de lui souhaiter bonne chance avant de raccrocher rapidement. Ce qui voulait dire qu'elle allait devoir, par la seule force de sa personnalité, convaincre Game Plan de lui donner une chance.

Elle rassembla son courage et allait sonner lorsque la porte s'ouvrit d'elle-même. L'entreprise devait avoir un excellent système de sécurité, si bon que le responsable l'avait forcément vue se parler à elle-même. Super !

Elle pénétra dans une salle d'attente aux murs immaculés. Une porte s'ouvrit presque aussitôt et Jonathon Montrose lui-même apparut. Elle le fixa, bouche bée. Il était beau, fort, grand… Mais pas aussi grand que le beau gosse en costume sur mesure.

Vraiment ? Tu veux vraiment penser à lui maintenant ? Tu ferais mieux de te concentrer.

Elle retira son bonnet, se recoiffa tant bien que mal, et se dirigea vers l'homme.

— Monsieur Montrose, je me présente, Evie Croft. C'est un honneur de vous rencontrer. Votre ouvrage *Code d'éthique* est ma bible.

Elle s'interrompit, le temps de reprendre son souffle.

— D'après ce que j'ai entendu dire, personne ne sait décrypter les codes aussi bien que vous.

— Il paraît. Bon, vous êtes prête ?

D'un geste de la main, il l'invita à entrer.

— Bienvenue dans le centre des opérations.

Malgré ses efforts pour paraître détendue, elle s'arrêta net, incrédule. Les locaux de Game Plan étaient gigantesques. Deux étages de bureaux vitrés surplombaient un immense open space qui semblait avoir été frappé par une explosion de couleurs. Les murs et les sols blancs étaient éclaboussés de poufs, de bureaux, d'ordinateurs et de téléviseurs multicolores. Et, au milieu de ce décor, des dizaines de jeunes gens en jeans, T-shirts et casquettes de base-ball travaillaient dans une ambiance digne d'une colonie de vacances.

Des étoiles plein les yeux, elle suivit Montrose dans un couloir donnant accès à une salle de jeux et à un dortoir meublé de deux rangées de lits superposés.

— Quand puis-je emménager ?

Montrose laissa échapper un petit rire tandis qu'elle tentait d'absorber chaque détail du lieu. Elle n'y reviendrait peut-être jamais. Il l'emmena ensuite à l'étage, dans un immense bureau dont les fenêtres donnaient sur l'open space.

— Puis-je vous offrir un café ? proposa une jeune femme en passant la tête par la porte du bureau.

— Non, merci.

— Rien pour moi. Merci, Imogen.

La jeune femme partie, Montrose invita Evie à prendre place dans un fauteuil de cuir tandis que lui restait debout, appuyé contre son bureau. En position de force.

— Dites-moi, Evie, pourquoi avez-vous quitté votre dernier emploi ?

Elle ouvrit la bouche, prête à lui servir la réponse qu'elle avait répétée avec Zoé, à savoir qu'après plusieurs années de service loyal, elle avait besoin d'un nouveau défi.

Depuis toujours, elle était raisonnable. Elle avançait à petits pas, choisissant toujours les chemins connus, évitant les risques, fuyant le danger. Malheureusement, malgré sa prudence, son monde s'était tout de même effondré.

La chance n'était pas de son côté. La prédiction du biscuit chinois en était la preuve. À moins que… La malchance professionnelle l'ayant déjà frappée, peut-être cet entretien était-il le signe d'un nouveau départ ?

Par contre, si elle voulait vraiment faire bonne impression à un homme tel que Jonathon Montrose, elle allait devoir oublier sa légendaire prudence, elle n'avait pas le choix.

Oui, le moment était venu d'abandonner sa politique des petits pas et de faire le grand saut.

— Vous connaissez déjà les raisons de mon départ, monsieur Montrose.

Il esquissa un sourire entendu. C'était sans doute un bon signe.

— Racontez-moi.

— Très bien. J'ai travaillé pour Binary Logistics jusqu'à ce que le fils de mon ex-patron, Eric, qui se trouve être aussi mon ex-petit ami, se fasse licencier. La société fait désormais l'objet d'une enquête de la brigade financière. Compte tenu de ma position, et de mon lien avec le patron, j'ai été suspectée de complicité. Dieu merci, la police a interpellé Eric à l'aéroport, juste avant qu'il fuie. Il a tout avoué et les enquêteurs m'ont rapidement blanchie. Malheureusement, une telle tache ne disparaît pas facilement d'un CV, si bien que vous êtes le seul à avoir répondu à mon appel, et à m'avoir proposé un entretien.

— Pourquoi pensez-vous que je devrais vous embaucher ?

— Vous êtes un joueur, monsieur Montrose, vous aimez prendre des risques. Je n'aurais sans doute pas suscité votre intérêt si je n'avais pas été marginalisée. Vous vous dites que mes déboires passés me pousseront à tout donner et à faire mes preuves.

— Peut-être. Ou peut-être ai-je simplement apprécié votre courage de demander un entretien dans de telles circonstances. Il est évident que vous êtes une jeune femme très brillante,

Evie, une jeune femme dont le nom est d'ailleurs apparu sur mon radar plus d'une fois dans le passé. Malheureusement, je n'ai aucun poste pour vous en ce moment, alors suivez mon conseil et considérez cette pause dans votre carrière comme une opportunité d'élargir votre horizon. Lisez, voyagez… En attendant, je garde votre nom en tête pour un emploi futur.

Quoi ? Attendez. Non. Non !

Elle devait à tout prix le convaincre de lui donner sa chance. Il voulait qu'elle le supplie ? Pas de problème. Elle était prête à se mettre à genoux devant lui, s'il le fallait.

Hélas, Jonathon semblait déjà être passé à autre chose. Dans ce cas-là, il n'y avait plus qu'à prendre la porte.

Juste à cet instant, celle-ci s'ouvrit brusquement.

— Tu as une seconde ? lança une voix masculine. J'ai besoin…

La voix s'arrêta net.

Trop tard, elle l'avait déjà reconnue. Ainsi que l'accent.

Sa température monta instantanément en flèche.

Lentement, elle se retourna et un petit bruit s'échappa de sa gorge lorsqu'elle se retrouva face au beau gosse en costume sur mesure. Il était toujours aussi beau, toujours aussi fort… Par contre, l'ombre du sourire qu'il lui avait lancé pendant qu'elle parlait de poésie, ce sourire parfait qui lui avait brouillé le cerveau et lui avait fait perdre la tête, avait disparu. Désormais, il la fixait d'un regard noir.

— Vous !

Elle ferma les yeux et, nerveuse, déglutit. Tout à coup, elle avait l'impression d'être un insecte sous la lampe d'un microscope.

— Vous m'avez suivie jusqu'ici ? demanda-t-elle.

— C'est plutôt à moi de vous poser la question.

— Pourquoi vous aurais-je suivi ? J'ai été parfaitement claire, je ne suis pas intéressée par votre… par votre poésie.

L'homme continuait à la dévisager, les sourcils froncés, se demandant visiblement ce qu'elle lui voulait.

— Si je comprends bien, dit Jonathon, vous vous connaissez.

— Non, nous ne nous connaissons pas. Nous prenons juste le même train. Chaque jour. Matin et soir. Nous sommes toujours installés de part et d'autre de l'allée centrale, à trois rangées l'un de l'autre.

Elle inspira profondément par le nez et remarqua soudain une odeur. Un enivrant parfum d'océan et de soleil. Le beau gosse s'était approché. Était-ce une manœuvre d'intimidation ?

Eh bien, il n'atteindrait pas son but.

— Je lui ai donné un coup de coude dans le ventre une fois, et je lui ai aussi écrasé le pied, reprit-elle, déterminée. Voilà toute l'étendue de notre relation.

— Vraiment ? fit Jonathon, pris de court.

— Monsieur Montrose, peut-être pourriez-vous me rendre un service et répéter la partie où vous disiez que je suis brillante. Votre ami n'a pas l'air de partager votre avis.

— C'est le cas ? demanda-t-il à l'homme. Tu as une autre opinion d'Evie ?

Elle observa discrètement le beau gosse et le vit contracter nerveusement la mâchoire. Finalement, il devait sans doute être aussi étonné qu'elle.

Elle s'astreignit au calme.

— Pourquoi ne pas repartir à zéro. Je me présente, je m'appelle Evie. Evie Croft.

Le beau gosse baissa la tête vers sa main puis la releva et la regarda droit dans les yeux. Une seconde, puis une autre. Des lueurs sombres tourbillonnaient dans ses prunelles. Il prit la main d'Evie et un choc électrique la traversa de la tête aux pieds.

— Armand Debussey, répondit-il avec son charmant accent français, avant de se tourner vers Montrose. Que fait-elle ici ?

Bon sang ! N'avait-il rien écouté de la conversation ?

— Elle est en train de passer un entretien pour un emploi de codeur, répondit-elle à la place du grand chef.

Peu importait, si l'entretien était terminé.

— De quel poste s'agit-il ?

Elle ouvrit la bouche puis la referma. Elle n'en avait pas la moindre idée.

— Elle est enquêtrice scientifique, spécialisée dans le codage, expliqua Montrose.

À ces mots, elle se mordit la lèvre, si fort qu'elle se fit mal. Cela voulait-il dire que, peut-être...

— Tu n'es pas sérieux ! répondit Armand. C'est impossible ! Elle ne peut pas le faire, elle ne peut pas. Elle est trop...

Il s'interrompit et, le regard noir, la dévisagea.

Elle était une fille bien, une fille intelligente qui ne se fixait que des objectifs réalistes et savourait la moindre réussite. Tout cela parce que sa mère avait visé la lune et échoué. Mais ici, maintenant, au lieu de faire un pas en arrière, au lieu de choisir la traditionnelle voie de la prudence, elle releva la tête et, les mains sur les hanches, regarda le beau gosse droit dans les yeux.

— Je suis trop quoi ? Je vous écoute.

— Vous êtes une jeune femme bien trop naïve, bien trop fleur bleue, mademoiselle Croft. Vous allez vous faire dévorer toute crue, ici.

— Eh bien, vous, monsieur Debussey, vous êtes hostile. Et qu'est-ce que ma naïveté a à voir avec ma capacité à décrypter les codes, ou à dénicher des virus ? Ce n'est pas parce que je ne m'habille pas en tailleur, ou que je ne viens pas d'une grande ville, que je ne suis pas excellente dans mon domaine. Je suis la meilleure enquêtrice scientifique en code que vous rencontrerez jamais, mon ami ! Mettez-vous bien ça en tête.

Elle se tut enfin et, un peu honteuse, ferma les yeux. Si seulement elle n'avait pas sauté dans le grand bain... Si seulement elle était restée prudente...

Lentement, elle se retourna vers Montrose avec l'intention de s'excuser mais, finalement, se retint. Il affichait un air un peu trop amusé à son goût.

— Très bien, fit-il. Maintenant que vous avez résolu le problème entre vous, je suis sûr que vous allez pouvoir collaborer.

— Collaborer ?

— Je vous propose un contrat pour un projet à durée déterminée. Un essai, si vous voulez. Félicitations, Evie, le poste est à vous.

Sans attendre, elle se précipita vers lui et lui serra la main.

— Merci. Je ne vous décevrai pas, je vous le promets.

— Je n'ai aucun doute là-dessus. À droite en sortant de mon bureau, vous trouverez le bureau d'Imogen. Elle s'occupera de toutes les questions administratives avec vous. Je vous attends demain à 8 heures.

— Oui, monsieur. Merci, monsieur.

Aussitôt, elle se précipita hors du bureau.

Elle n'avait posé aucune question sur le salaire ou les horaires, mais peu importait. Elle avait un travail ! Et pas n'importe lequel, elle allait travailler pour Game Plan !

Sa chance venait enfin de tourner.

Elle devait simplement se tenir autant que possible à distance d'Armand Debussey, ce qui ne devait pas être difficile dans une entreprise de cette taille.

Frustré comme jamais, tendu au possible, Armand se dirigea vers le bureau de Jonathon, ouvrit le minibar caché en dessous et en sortit une bouteille de scotch. Seule la brûlure de l'alcool dans sa gorge avait une chance d'estomper sa colère.

— Il n'est même pas 10 heures du matin, il est un peu tôt pour boire, non ?

— Il est minuit à Paris.

— Alors vas-y, et, pour répondre à ta question brûlante, non, elle ne t'a pas suivi jusqu'ici. Elle a postulé il y a quelques jours. C'est une fille sympa, et d'une intelligence supérieure. Pourtant, jusqu'à ce que tu débarques dans mon bureau, j'avais décidé de ne pas l'embaucher.

— Qu'est-ce qui t'a fait changer d'avis ?

— À toi de me le dire.

Jonathon essayait de le provoquer, Armand le savait. Mais il n'y parviendrait pas. Sa patience ne connaissait pas de limites.

— Parce que c'est une femme, tu as du mal à croire que je l'ai engagée, c'est ça ?

— Non ! Bien sûr que non.

— C'est parce qu'elle est jeune, alors ?

— Quel âge a-t-elle ?

— Je ne le lui ai pas demandé, mais elle doit avoir une vingtaine d'années, l'âge de l'ignorance béate et de l'orgueil créatif, un avantage dans son métier. Alors que toi, qui as cinq ans de plus grand maximum, tu donnes l'impression de porter le poids du monde sur tes épaules.

Plus maintenant, pensa-t-il en buvant la dernière gorgée de son scotch.

— Comment se fait-il qu'au cours de vos voyages quotidiens en train, matin et soir, à trois rangées l'un de l'autre, tu en sois venu à estimer qu'elle était peu intelligente ?

Pour toute réponse, Armand le foudroya du regard.

— Tu me répondras une autre fois, ce n'est pas grave. En attendant, je suis sûr qu'Evie Croft sera parfaite.

Et puis quoi encore ?

Mais Armand garda le silence. Il n'était pas en position de protester, la lecture de la montagne de documents juridiques, de communications internes et de rapports variés que Jonathon lui avait confiée n'avait pas encore donné de résultats.

— L'un de mes gars a remarqué ses contributions en ligne il y a quelques années, continua Jonathon. Des propos sérieux sur la façon de résoudre l'un de nos problèmes les plus complexes. Il s'est avéré qu'elle ne se contentait pas de discuter. La dernière société pour laquelle elle a travaillé était un dinosaure du secteur, elle y a fait un travail phénoménal. J'irais même jusqu'à dire que c'est un prodige. Donc si son âge et le fait que ce soit une femme ne te gênent pas, et si tu sais qu'elle est compétente, avons-nous encore un problème ?

Non, aucun.

De toute façon, Armand n'avait pas le choix. Tout ce qu'il voulait, c'était résoudre la mission que Jonathon lui avait confiée et rentrer chez lui, retrouver son environnement familier, sa sécurité… Malheureusement, pour une raison qu'il ignorait, il n'arrivait pas à prononcer les mots.

— C'est son côté fleur bleue, n'est-ce pas ?

— Je savais bien que ces mots reviendraient me hanter.

— J'irais même jusqu'à dire que c'est exactement la raison pour laquelle Mlle Croft t'a mis dans tous tes états à l'instant. Tu as peur que la croiser dans le couloir ne réveille en toi une preuve de vie. Tu n'es pas mort ce jour-là, mon ami, même si tu as parfois l'impression que c'est le cas.

Armand secoua la tête, une seule fois, mais c'était suffisant pour que son vieil ami comprenne. Sa patience avait atteint ses limites.

— Je ne lancerai pas ma nouvelle application tant que tu ne m'auras pas garanti qu'elle est sûre. Si tu penses que tu n'as pas besoin de Mlle Croft et de ses compétences pour y parvenir, je dirai à Imogen de la renvoyer chez elle. À toi de décider.

Grâce à ses contacts, à son expérience dans la traque des hommes de la pire espèce, et même à son nom, aucun secret ne résistait à Armand. Il avait démantelé des trafics de drogue, des ventes illégales d'armes, des réseaux de fraude et pire encore. Il parlait cinq langues et en comprenait beaucoup d'autres. Mais, quand il s'agissait de code informatique, il était perdu.

Malgré tout, il repoussa la petite voix qui lui conseillait de prononcer les mots lui permettant de ne plus avoir affaire à des gens comme Evie Croft. Pourtant, avec ses grands yeux sombres qui révélaient la moindre de ses pensées, l'énergie qu'elle dégageait et ses bonnets rigolos, cette femme était un aimant à problèmes. Il en était convaincu.

Il inspira profondément et se retrouva aussitôt enveloppé par un nuage de parfum aux notes fruitées.

Les femmes qu'il fréquentait d'habitude portaient des vêtements de créateurs et des parfums de marque. Elles ne sentaient pas la cerise. Elles ne portaient pas de bonnets à pompons, ni de sacs à dos floqués de personnages de dessins animés. En fait, elles ne portaient pas de sac à dos tout court.

Evie Croft était peut-être dangereusement naïve, peut-être même un peu tête en l'air, mais elle avait du courage, il devait lui reconnaître cette qualité.

Une image surgit soudain dans son esprit, une petite robe noire, un collier de perles et des yeux bleus pleins de mépris. Il ferma les yeux pour la chasser. Au moins, une chose était sûre, Jonathon se trompait sur un point. Evie Croft était aussi éloignée que possible du type de femme qui lui plaisait.

— Bon d'accord, tu peux lui donner sa chance. Mais elle a fait l'objet d'une enquête, non ?

— Pourquoi penses-tu que je lui ai proposé un contrat à durée déterminée ? Trouvez la faille dans mon application et réparez-la, peu importe si vous adoptez pour cela des comportements que le service de relations humaines n'accepterait pas.

Armand ouvrit la bouche pour repousser avec force ces insinuations mais Jonathon le coupa dans son élan.

— Peu m'importe, répéta ce dernier. Maintenant que cette question est réglée, explique-moi pourquoi tu es entré en trombe tout à l'heure ? Tu voulais que je regarde quelque chose ?

Armand resta immobile quelques instants, à la recherche de la réponse dans le bourbier de son cerveau, et se souvint finalement du morceau de papier. Il le sortit de sa poche, fixa les lignes de code qu'il avait espéré que Jonathon lui traduise, puis le replia soigneusement et le rangea.

Jonathon éclata de rire.

— Ta nouvelle adjointe pourra s'en charger.

— Sans doute.

Il se dirigea vers la porte mais s'arrêta sur le seuil.

— Tu sais ce qui a fait que toute cette débâcle en valait la peine ? « Oui, monsieur. Merci, monsieur. »

Jonathon éclata de rire.

— Je me suis senti comme un dinosaure, quand elle a dit ça.

— Bien fait pour toi !

Armand ferma la porte derrière lui et se dirigea vers la balustrade pour observer l'open space en dessous.

Il avait l'habitude de travailler avec des hommes sérieux, des hommes qui, à une autre époque, auraient été des guerriers, des pirates, des hommes aux corps marqués de cicatrices. Et aujourd'hui, il allait devoir faire équipe avec une fille qui chantait toute seule et portait des bonnets à pompons ?

Oui, il la surveillait pour s'assurer que personne ne la détroussait pendant qu'elle écoutait de la musique, mais il devait aussi avouer que, dès qu'il avait posé les yeux sur elle, il n'avait pas pu détourner le regard. Son sourire, son rire… Elle réchauffait ses voyages jusqu'à son appartement glacial. Mais, pour un homme comme lui, dans les veines duquel coulait de la glace, la chaleur pouvait être douloureuse, voire dangereuse.

Et dire qu'elle allait être là tous les jours, jusqu'à ce que la mission soit remplie…

Il n'était pas sûr d'être capable de le supporter.

Pire, il n'était pas sûr d'avoir encore la force d'essayer.

3.

Evie appréciait d'ordinaire son trajet en train jusqu'en ville, le balancement régulier du wagon, le doux crissement des rails, le défilé des banlieues au fil des kilomètres. Elle en profitait pour bavarder avec Zoé, écouter de la musique ou simplement rêvasser.

Aujourd'hui, cependant, elle était nerveuse. Elle était seule car Zoé était en déplacement à Sydney, et Evie ne cessait de penser à Armand Debussey, et au nombre d'arrêts qui les séparaient.

Et si elle tricotait, pour se changer les idées ?

Après le décès de sa mère lorsqu'elle avait six ans, elle avait été élevée par son grand-père, un homme plutôt vieux jeu mais fervent défenseur de la cause féministe, qui lui avait appris la mécanique mais aussi le tricot.

Le bonnet qu'elle tricotait en ce moment était d'ailleurs pour Corinne, une amie de son grand-père. Malheureusement, impossible de se concentrer, aujourd'hui.

Lasse, elle abandonna son ouvrage et décida de passer en revue les petites annonces immobilières. Sur son application, elle repéra trois offres de colocation intéressantes.

Sans attendre, elle appela le premier numéro. Trop tard, la chambre était déjà louée. Elle essaya alors le deuxième, sans plus de succès. Il ne lui restait plus qu'à tenter sa chance avec la troisième offre. Elle composa le numéro et attendit que quelqu'un décroche tandis que le train marquait l'arrêt à la station d'Armand. Allait-il prendre ce train, ce matin ?

— Allô, fit enfin une voix féminine dans son téléphone.

— Bonjour. Je m'appelle Evie et je vous appelle concernant l'offre de colocation.

— La chambre vient d'être repeinte. Elle est meublée mais le linge de lit n'est pas fourni. De la chambre, vous avez une belle vue sur le parc.

La voix continua à vanter les qualités de ce qui ressemblait à la colocation idéale mais son cerveau se mit en pause. Une silhouette parfaite venait d'apparaître à l'horizon, une personne sexy avec des cheveux ébouriffés et un charme magnétique.

Dans son oreille, la voix poursuivit.

— L'appartement est situé à proximité de la gare, des magasins et des bars.

Elle croisa le regard d'Armand, de la couleur d'un ciel d'orage, d'un bleu sombre, presque inquiétant et, aussitôt, comme par magie, la voix se fit plus lointaine dans son oreille.

Sans doute Armand allait-il la saluer avant de prendre sa place habituelle. Elle pourrait alors passer les dix prochaines minutes à l'ignorer, jusqu'à ce qu'ils descendent au même arrêt. Là, elle marcherait très lentement, et s'arrêterait à un moment ou un autre pour faire semblant de renouer ses lacets. Hors de question de lui donner l'impression d'être suivi.

Son plan était parfait. Sauf que… à sa grande surprise, il vint vers elle.

Son tricot glissa sur ses genoux. Nerveuse, elle ramassa la pelote et fourra le tout, en vrac, dans son sac à dos.

— Votre amie n'est pas là ?

Il savait que, d'habitude, elle voyageait avec une amie ? Cela voulait-il dire que, lui aussi, il l'avait remarquée ?

Nouveau dans ton orbite, je me trouve frappé par tes cheveux de jais et tes yeux étoilés.

La petite voix qui lui récitait le poème dans sa tête avait un accent français. Elle secoua la tête pour la faire taire, ce n'était pas le moment de s'emballer.

— Il est libre ? fit-il en désignant le siège en face d'elle.

Elle déglutit tant bien que mal.

— Il est à vous.

— Vous dites ? entendit-elle dans son oreille.

— Désolée. Je suis dans le train et la liaison n'est pas très bonne.

Armand prit place et, mal à l'aise, elle tira sur sa jupe à volants. Elle lui semblait bien trop courte tout à coup, et puis il avait de si longues jambes que leurs genoux étaient trop proches.

Comme d'habitude, il avait un livre à la main et, sans attendre, se mit à lire. Beau et intelligent… Comment ne pas craquer ?

Le train démarra enfin et, sous le coup de ses vibrations, les jambes d'Evie frottèrent contre le pantalon de son costume. Les nerfs à vif, elle ferma les yeux. Ce voyage en train allait être interminable.

— Les rats ne mangent pas de gluten, reprit la voix dans le téléphone. Ils sont également intolérants aux produits laitiers.

— Les rats ? Vous parlez de véritables rats ?

À ces mots, Armand releva les yeux. Elle lui montra son téléphone et il retourna à sa lecture.

— Oui, de véritables rats.

— Vous… Vous élevez des rats de compagnie ?

— Pour être honnête, je ne sais pas qui élève l'autre.

Déçue, elle réprima un soupir. Et elle qui pensait avoir trouvé l'annonce parfaite…

— Combien de rats ?

— Une vingtaine, en ce moment, mais le nombre varie en fonction des portées.

— Je vous remercie pour ces informations, je vous rappellerai.

Elle raccrocha et releva les yeux. Armand était en train de la dévisager, les sourcils toujours froncés mais le regard un peu moins sombre.

— Je cherche un appartement.

— Avec des rats ?

— Plutôt sans, si c'est possible.

— Dites donc, un nouveau travail, un nouvel appartement…

— Je suis en pleine période de transition.

— Oui, vous l'avez mentionné. Hier, dans le train.

— Pouvons-nous oublier cette conversation ?

— C'est déjà fait.

— Super.

Elle le remercia d'un sourire. Aussitôt, son regard orageux se posa sur la bouche d'Evie. Ses prunelles s'assombrirent, comme si un nuage passait devant le soleil, puis il détourna le regard et regarda par la fenêtre. Apparemment, la conversation était terminée.

Le train s'inclina au détour d'un virage et leurs genoux se heurtèrent. Troublée, elle recula aussi profondément que possible sur son siège tandis qu'il baissait les yeux vers le point d'impact. Était-il aussi gêné qu'elle ? Ou alors avait-il apprécié ce contact ? Se pouvait-il, malgré l'évidence du contraire, qu'il ait un petit faible pour elle ? Lui avait-il écrit un poème ?

Il n'y avait qu'un moyen de le savoir, lui demander. « Armand, m'as-tu écrit un poème d'amour et l'as-tu publié sur un réseau social ? »

S'il répondait non, elle serait mortifiée. Mais s'il répondait oui… S'il y avait une infime chance qu'il réponde oui… À cette idée, son pouls accéléra.

Mais, à la réflexion, mieux valait ne pas lui poser la question. Mélanger vie privée et vie professionnelle était la porte ouverte au désastre, elle l'avait appris à ses dépens.

— Pas de livre de droit australien aujourd'hui ? lui lança-t-elle plutôt.

Lentement, il releva les yeux et, pour toute réponse, lui montra la couverture de son livre.

— *La Lettre écarlate*, Nathaniel Hawthorne. C'est bien ?

— Vous ne l'avez pas lu ?

— J'ai peut-être vu le film.

Pour toute réponse, il laissa échapper un long soupir.

— Rassurez-vous, dit-elle, je lis. Je fais même partie du club de lecture de la résidence pour personnes âgées de mon grand-père. Ce mois-ci, nous lisons un roman de J.-D. Robb, une romance policière futuriste. Je vous le recommande.

Le visage d'Armand resta impassible. Quasiment impassible car elle crut apercevoir un éclair de dégoût dans ses yeux. Ce type n'avait vraiment aucune idée de ce qu'il ratait.

— Que faites-vous quand vous ne lisez pas ?

— Je joue aux jeux vidéo.

Cette fois, il ne tenta pas de masquer son dégoût. Même elle, qui avait tant de mal à décrypter les autres, le voyait.

— Ne critiquez pas sans connaître. Les bons jeux ne sont pas une question d'effets spéciaux mais d'histoire, de narration. Ils vous prennent aux tripes, vous font réfléchir, ils vous font rire, ils vous font pleurer.

Zut. Elle venait d'utiliser les mêmes mots que ceux qu'il avait prononcés pour parler de poésie, la veille.

Après réflexion, il serait sans doute plus sage de mettre les pieds dans le plat et d'évoquer cette conversation. Sinon, l'énergie déployée pour éviter le sujet risquait d'exploser à un moment ou un autre.

Décidée, elle se redressa, posa les mains sur ses genoux et se racla la gorge.

— Armand. Je peux vous appeler Armand ? À propos d'hier, dans le train, quand je vous ai demandé si vous aimiez la poésie…

— Je vous l'ai dit, cette conversation est oubliée.

Elle ne répondit pas. Un rayon de soleil venait de choisir ce moment pour illuminer son beau visage. Cet homme ressemblait vraiment à un prince. Un prince qui aurait quitté son palais il y avait bien longtemps pour aller tuer un dragon, sauver une princesse ou libérer un royaume. Il se serait perdu en chemin, peut-être à la suite d'une blessure à la tête, et se trouverait aujourd'hui dans ce train, en direction du centre-ville de Melbourne…

— Mademoiselle Croft, Jonathon ne décide jamais à la légère d'une embauche. Son objectif est toujours de créer de la magie dans ses équipes. Il vous a donné une chance de participer à l'aventure, ne la gâchez pas.

Sans attendre sa réponse, il se leva et s'éloigna. Le train venait d'entrer en gare. Dans leur gare.

Elle attrapa rapidement son sac, descendit à son tour et courut pour le rattraper.

— J'ai une course à faire avant d'aller au travail, lui lança-t-il avec autorité lorsqu'elle le rejoignit.

Décontenancée, elle fit un pas en arrière.

— D'accord. Je… je vous verrai au bureau.

Sans un mot de plus, il s'éloigna.

Lire les gens normaux était déjà difficile mais décrypter un homme qui se comportait comme s'il était Yoda, relooké pour pouvoir faire la couverture de *Vogue*, était impossible.

Tant pis. Refoulant ses questions, elle réajusta son sac à dos et, bien décidée à profiter du premier jour du reste de sa vie, prit la direction de son nouvel emploi.

Après avoir utilisé son badge tout neuf pour entrer dans les locaux de Game Plan, Evie pénétra dans l'open space, où l'ambiance survitaminée lui fit aussitôt l'effet d'un coup de fouet.

Elle avait obtenu une seconde chance, ici, une chance de faire les choses différemment, cette fois. Il était peut-être temps pour elle d'abandonner sa stratégie des petits pas et d'oser de plus grandes enjambées. Elle n'obtiendrait pas forcément de troisième chance.

Faisant fi de sa légendaire prudence, elle se présenta à tous ceux qui levèrent les yeux à son passage.

— Tu es Evie Croft, n'est-ce pas ? lui demanda un jeune homme de son âge.

— Oui.

— Ton arrivée a été annoncée ce matin dans la newsletter, en même temps que les embauches d'un certain Roger et d'un certain Phil. Si tu ne l'as pas encore remarqué, la testostérone règne en maître, ici.

D'un regard, elle balaya la pièce et haussa les épaules.

— Ce n'est pas un problème, je suis habituée.

— Je me présente, je suis Jamie.

Elle lui serra la main.

Son pouce était rugueux, comme le sien, et comme tous ceux des adeptes des jeux vidéo. Elle rompit néanmoins rapidement le contact en remarquant une lueur d'intérêt dans son regard. Qu'elle croie ou pas la prédiction du biscuit chinois, hors de question de mélanger le travail et le plaisir.

— Je ferais mieux de me mettre au travail. Ravie de t'avoir rencontré.

— À bientôt.

Suivant les instructions qu'Imogen lui avait données la veille, elle monta l'escalier qui menait au bureau de Jonathon, avant d'emprunter un couloir sombre. Aucun bureau vitré, ici. Voilà qui était mystérieux.

Elle tenta d'ouvrir la porte du fond mais celle-ci était verrouillée. Fallait-il un badge pour entrer – il y avait un boîtier dans le mur –, ou bien utiliser son empreinte digitale ? Le plus simple était d'interroger Imogen.

Elle venait de faire demi-tour lorsque la porte s'ouvrit.

— Vous m'avez fait peur ! fit-elle en distinguant vaguement une silhouette au loin.

— Je m'excuse.

Cette voix…

— Armand ?

Sans un mot, il ouvrit plus largement la porte et lui fit signe d'entrer. Elle hésita quelques instants. La lumière tamisée de la pièce créait un halo autour de lui, soulignant son profil sévère, lui donnant l'air encore plus autoritaire.

— Je ne vous ai pas suivi, je vous le promets.

Lentement, elle avança et examina les lieux. Au centre de la pièce se trouvaient deux petits fauteuils disposés de part et d'autre d'une table basse en bois foncé. La décoration, plutôt sombre, lui semblait tout droit sortie d'un roman gothique, ce qui lui convenait parfaitement.

— Qu'attendez-vous, mademoiselle Croft ? Une invitation officielle ?

Elle compta les bureaux. Elle en voyait deux.

— Je vais travailler ici ? Avec vous ?

— Non, vous allez travailler pour moi.

Le message était clair.

— À moins que vous ayez changé d'avis…

— Vous plaisantez ? Je suis ravie !

Elle lui adressa son plus large sourire. Puis, après avoir réajusté son sac à dos sur son épaule, elle se dirigea vers Armand, captant au passage un enivrant parfum de citronnelle et de cèdre, un parfum d'homme propre et soigné.

— Vous auriez simplement pu m'en parler ce matin.

Il esquissa un sourire avant que son visage reprenne sa froideur habituelle.

— Ce travail est trop sensible pour être abordé en public.

— Je comprends. Au fait, vous aviez raison, ce matin dans le train. Aujourd'hui est un nouveau départ pour moi. D'ailleurs, j'aimerais que ce soit un nouveau départ pour nous aussi.

Elle lui tendit la main avant de reprendre.

— Bonjour, je suis Evie Croft. Ravie de vous rencontrer.

Une fois de plus, une décharge électrique passa de sa main à la sienne, comme un délicieux petit feu d'artifice qui éveilla tous ses sens. La lumière était tellement faible dans le bureau qu'elle faillit ne pas voir l'étincelle qui venait de s'allumer dans ses prunelles.

— Armand Debussey. Enchanté.

— Alors, quel est le programme ?

Il la dévisagea quelques instants avant de hocher la tête en direction d'un des bureaux.

— Nous nous mettons au travail.

Elle le regarda discrètement frotter son pouce dans sa paume, comme s'il avait des fourmis et tentait de s'en débarrasser. Avait-il, lui aussi, senti la décharge électrique ?

Non. Il devait juste s'agir d'un tic nerveux.

De toute façon, elle ne devait surtout pas mélanger travail et plaisir. Son poème, si c'était lui qui l'avait écrit, n'avait plus d'importance maintenant qu'ils étaient collègues.

Sur l'un des bureaux étaient disposés une lampe de banquier, un calendrier en papier, un carnet immaculé et des crayons parfaitement alignés. À coup sûr, il s'agissait de celui d'Armand.

À l'opposé, le second bureau était plus grand, équipé d'une chaise ergonomique et de trois énormes moniteurs. Et… était-ce bien cela ? Était-ce bien un de ces disques durs cryptés dont elle avait entendu parler ?

— Dites-moi que c'est bien mon bureau.

— Ce n'est certainement pas le mien.

C'était tout ce qu'elle avait besoin d'entendre.

Le regard brillant d'excitation, elle examina la merveille technologique mise à sa disposition.

Comme elle avait, la veille, configuré son mot de passe, son empreinte digitale et son identification rétinienne avec Imogen, il lui suffit d'effleurer l'écran pour que le système s'allume.

Quand elle releva les yeux, Armand la regardait. Son cœur se mit instantanément à battre à toute allure mais elle se força à se calmer.

— Alors, patron, par où dois-je commencer ?

D'un geste du menton, il lui montra une note sur son bureau. Elle devait apparemment cliquer sur la seule icône visible sur l'écran et suivre les instructions.

Les événements de la semaine passée l'avaient tellement déconcertée qu'elle avait hâte de se mettre au travail. Quant au beau gosse en costume sur mesure, elle trouverait bien un moyen de travailler avec lui sans craquer.

Plutôt que de se mettre au travail, Armand observa Evie sortir de son sac à dos un rectangle de plastique souple, dérouler un câble et le brancher sur le disque dur de l'ordinateur principal.

Il ne connaissait peut-être pas grand-chose aux logiciels, mais il maîtrisait la mécanique, et ce qu'elle faisait n'était pas réglementaire.

— Puis-je demander ce que vous êtes en train de faire ?

D'un geste, il désigna l'étrange objet sur son bureau.

— C'est cool, non ? Ce clavier est préprogrammé afin que je sois la seule à connaître l'ordre des touches.

Et dire que lui n'utilisait que deux doigts pour taper, et seulement lorsqu'il y était obligé.

— Je ne suis pas sûr que Jonathon soit d'accord.

— Ne vous inquiétez pas, il est au courant. Je lui en ai parlé hier soir.

— Encore une fois, je vous demande pourquoi ?

— C'est une question pertinente, puisque je vais travailler avec... pardon, pour vous. La réponse est simple. Dans l'entreprise où j'étais employée auparavant, quelqu'un a utilisé mon code d'accès pour détourner des fonds.

Détourner des fonds ? Les poils se dressèrent sur sa nuque et il serra les poings, furieux contre Jonathon.

— C'est bon, ne paniquez pas, Jonathon le sait.

Non, ce n'était pas bon. Pas du tout.

— Que s'est-il passé ?

— Le coupable du détournement de fonds est le fils du patron. Et mon ex-petit ami. Grâce aux caméras qu'il avait placées dans mon bureau, il a réussi à subtiliser mes mots de passe.

Elle posa les mains sur son clavier vierge puis leva vers lui ses grands yeux brillants.

— J'étais naïve, à l'époque. Aujourd'hui, la seule raison pour laquelle je ne reste pas éveillée la nuit à ressasser toute cette histoire est que les autorités sont convaincues qu'elles vont récupérer l'argent.

Rester éveillé la nuit, rongé par les regrets, voilà quelque chose qu'il connaissait.

— Si Eric avait su coder, ou s'il avait touché mon ordinateur, je l'aurais su et j'aurais pu l'arrêter. En fait, son ignorance lui a donné un avantage sur moi.

Troublé par ce récit, il se redressa. Il était diplômé en droit, en économie et en histoire de l'art. Il avait fondé une société de sécurité de renommée internationale et il était capable de désamorcer une bombe à mains nues. Par contre, si un ordinateur se bloquait, il devait appeler le service technique.

Évidemment, cela faisait longtemps qu'il n'avait pas désamorcé de bombe. Ces derniers mois, il avait passé davantage de temps à distinguer de faux Picasso d'authentiques toiles. Selon sa mère, le monde de l'art était le terrain de jeu parfait pour un homme doté de son intelligence et il aurait mieux fait de s'y investir au lieu de jouer les héros et d'inquiéter ses parents.

— Quoi qu'il en soit, reprit-elle, cette expérience m'a appris à être très vigilante. Je ne me ferai plus jamais avoir. Si vous voulez, je peux vous montrer comment fonctionne ce clavier.

— Où l'avez-vous trouvé ?

— C'est un prototype. Je l'ai fabriqué.

— Vous ?

— Oui, moi. La vie nous joue parfois des tours. Si je n'avais pas autant travaillé, j'aurais eu le temps de le terminer plus tôt, et Eric n'aurait jamais pu se servir de moi. Aujourd'hui, je prends toutes les précautions et j'utilise mon clavier. Un point, c'est tout.

— Comme vous voulez, répondit-il en haussant les épaules.

Malgré tout, il s'interrogeait. À quoi pouvait bien penser Jonathon ? Même si elle était innocente, elle avait déjà été dupée. Sa jeunesse était peut-être un atout mais sa naïveté était un véritable handicap. Elle mettait toute l'équipe en danger, toute la mission.

Il retourna à son bureau. En fait, il savait exactement ce que complotait Jonathon. Il imaginait que le héros qui terrifiait ses parents allait tomber raide dingue de cette brune ingénue.

Jonathon était joueur. Depuis toujours, il jouait avec les

idées, avec les investissements, les inventions… Cette fois, il jouait avec des gens, avec une jeune femme pour qui ce travail comptait vraiment, et avec lui, qui ne ressentait plus rien.

Ce qui signifiait que plus vite le travail serait accompli, plus vite lui, Armand, pourrait quitter le jeu, rentrer à Paris, et retrouver une vie facile dans laquelle il ne mettrait plus jamais d'être cher en danger.

Au bout de deux heures, Evie avait mal à la jambe à force de taper du pied.

Après avoir cliqué sur la première icône, elle avait regardé une série de vidéos de formation couvrant un éventail très large, de la façon d'allumer un ordinateur au langage professionnel approprié. Chaque chapitre se terminait par un test de vingt-cinq questions à choix multiple.

Discrètement, elle observa Armand. Il était toujours en train d'étudier les papiers sur son bureau. La concentration de cet homme était impressionnante.

— Fini ! fit-elle quelques minutes plus tard d'un ton satisfait.

— Vous avez déjà terminé ?

— Oui. Avez-vous du travail à me donner ? À moins que ma présence ici dans ce bureau soit une sorte d'expérience scientifique pour voir combien de temps je vais résister. Ou combien de temps vous allez résister.

— Êtes-vous toujours aussi bavarde ?

— Oui. Mon grand-père m'a toujours encouragée à être curieuse. Que je l'interroge sur les moteurs, les constellations, les fourmilières ou les os du poignet, il prenait toujours le temps de répondre à mes questions.

Son grand-père… À propos, qu'était-il en train de faire, en ce moment, dans sa résidence pour personnes âgées ?

Elle cligna des yeux et se força à revenir au présent.

— À mon tour de vous poser une question. Si je suis une pipelette, pourquoi êtes-vous aussi taciturne ?

— Je ne parle que lorsque j'ai quelque chose à dire.

— C'est une attaque contre moi ?

Elle vit le bord de sa bouche se tordre légèrement. Allait-il sourire ? Non. Son visage se referma presque aussitôt.

— Bon, parlez-moi du projet sur lequel je vais travailler.

— Nous allons y venir. Avant cela, pourquoi ne faites-vous pas une pause ?

— Comme vous voulez.

Elle attrapa son sac à dos.

— Vous savez, vous serez bien obligé de me le dire un jour. Vous allez devoir me donner un accès complet à toutes les grosses boîtes avec des câbles, des moteurs et des puces qui sont sur ce bureau.

Elle s'interrompit, hésitant sur la meilleure façon de venir à bout de la façade impassible de son compagnon de travail.

— Pour être honnête, j'ai déjà une petite idée. Je suis une hackeuse. Jonathon a sans doute besoin de moi pour pirater un logiciel ou trouver les erreurs qu'il contient et le nettoyer.

Allait-il réagir ? Allait-elle voir sur son visage une lueur de surprise ? De l'admiration pour son pouvoir de déduction ? Non. Rien du tout.

— En attendant que vous me répondiez, voici quelque chose à méditer. Jusqu'à présent, aucun système, aucun programme, aucun jeu ou logiciel ne m'a jamais résisté.

Pour toute réponse, Armand se leva. Il se dirigea vers les étagères, attrapa un gros dossier, le posa sur son bureau et s'assit à nouveau.

Mal à l'aise, elle déglutit. Même sans dire un mot, il dégageait une incroyable autorité naturelle.

Il prit un crayon, parfaitement taillé, et le serra entre ses dents avant de commencer à lire.

Et elle comprit enfin.

— En fait, vous êtes un technophobe ! Où est votre ordinateur ? Et votre téléphone portable ? Je vois des crayons, je vois des cahiers… Je vois beaucoup de papier.

Heureuse d'avoir percé le mystère, elle tapa dans ses mains et fit quelques pas de danse.

Armand n'applaudit pas. Il avait plutôt l'air consterné. Tant pis pour lui.

— Puisque je vais faire une pause, désirez-vous que je vous rapporte quelque chose ? Café ? Thé ?

Ou moi, faillit-elle dire. Elle se retint. Pas besoin d'être magicienne pour deviner qu'une telle proposition serait mal reçue par Armand.

— Rien ? Alors je reviens dans une demi-heure.

Dans l'escalier, elle sortit une pomme de son sac et se dirigea vers la sortie, mais l'ambiance joyeuse de l'open space l'attira. Devant la salle de jeux, elle ralentit et jeta un coup d'œil à l'intérieur. Plusieurs jeunes employés étaient en train de s'affronter sur un vieux jeu vidéo Atari.

— Evie !

— Jamie.

— Tu cherches quelqu'un ?

— Non, je fais simplement une pause, lui répondit-elle en lui montrant sa pomme.

— On dirait que tu ne connais pas encore le Miam Bar.

— Le Miam Bar ? Non, je ne connais pas.

Ils firent une partie de jeu vidéo, puis il l'invita à le suivre jusqu'au restaurant privé de Game Plan.

Ils s'installèrent à une table libre et, quelques minutes plus tard, un serveur posa devant eux deux assiettes dignes d'un restaurant trois étoiles.

— Voilà qui est très appétissant. J'ai juste peur de demander combien tout cela va me coûter.

— Rien, répondit Jamie avec un sourire charmeur.

— Non, Jamie, tu ne peux pas…

— Détends-toi. Ce n'est pas moi qui paye, ça fait partie des avantages en nature.

— Pince-moi, j'ai l'impression de rêver.

Jamie lui sourit avant de tendre la main et de lui pincer le bras. Au même instant, une ombre passa sur leur table.

Mal à l'aise, Evie releva la tête.

Armand. Il venait d'arriver, les mains dans les poches mais le regard encore plus noir que d'habitude, le visage encore plus fermé. Elle sentit instantanément ses joues s'empourprer et la honte la gagna. Elle était partie depuis plus de trente-cinq minutes.

— Je crois qu'il est temps que je me remette au travail, fit-elle d'un ton aussi assuré que possible avant de s'essuyer rapidement la bouche avec une serviette.

— Restez, lui ordonna Armand.

Surprise, elle le dévisagea.

— Je ne vous surveille pas, mademoiselle Croft. Vous ne répondiez pas à votre téléphone, je vous ai donc cherchée pour vous faire savoir que je ne serai pas au bureau à votre retour.

— Oh. D'accord. Sur quoi dois-je travailler pendant votre absence ?

— J'ai laissé une note sur votre bureau.

— Super ! déclara-t-elle d'un ton un peu trop enthousiaste. Je m'y mets très vite.

— Bon appétit, mademoiselle Croft, répondit-il avant de s'éloigner.

— Merci, monsieur Debussey.

— Attends une minute, tu travailles avec lui ? s'exclama Jamie.

— Oui.

— Eh bien… Il traîne par ici depuis quelques semaines mais personne ne sait ce qu'il fait réellement. D'ailleurs, nous avons même organisé un concours pour deviner sa profession. Est-il chargé d'un audit ? Médium ? Détective privé ? Personnellement, j'ai misé 50 dollars sur garde du corps.

Si elle n'appréciait pas l'hésitation évidente d'Armand à lui donner des détails, elle devinait néanmoins qu'il avait de bonnes raisons.

— Je n'ai commencé que ce matin alors je ne suis pas encore au courant de tout.

— Est-il aussi coincé qu'il en a l'air ?

Elle ouvrit la bouche, et la referma.

Armand était peut-être difficile, mais Jonathon Montrose les avait sans doute associés pour un bon motif, alors elle n'avait pas envie de parler dans son dos.

— Je te rappelle que c'est mon premier jour.

— Bien sûr.

Elle jeta un coup d'œil vers le couloir qu'Armand venait d'emprunter. Il n'était plus là mais elle pouvait toujours percevoir sa présence. Quels secrets se cachaient derrière cette façade élégante ? Avait-il déjà posté un poème sur un réseau social ?

— Jamie, as-tu déjà écrit des poèmes ?

— Des poèmes ? Bon Dieu, non ! Mais… tu voudrais que je le fasse ? Si tu en as envie, je pourrais…

— Non ! Ce n'est pas ce que je voulais dire. C'était juste une question au hasard…

Elle secoua la tête pour se reprendre puis se leva d'un bond.

— Je ferais mieux de retourner au travail. À plus tard.

4.

Armand frappa à la porte et, sans attendre de réponse, entra en trombe dans le bureau de Jonathon.

Imogen, qui prenait des notes, s'arrêta aussitôt et s'éclipsa discrètement. Pourquoi Evie ne pouvait-elle pas lui ressembler un peu plus ? Pourquoi ne pouvait-elle pas être plus classique, moins déstabilisante ?

— Trois heures pour faire irruption dans mon bureau ? Je pensais que tu viendrais au bout d'une heure. Comment ça se passe ?

— Elle est incapable de rester en place. Elle passe son temps à bouger, à se tortiller, à se balancer, à s'étirer…

Il avait connu un enfant souffrant de déficit d'attention. Un garçon sympathique, vif, mais un vrai rêveur.

Il passa une main sur son visage et se força à se reprendre. Hors de question de laisser son esprit s'égarer dans cette direction. Plus jamais.

— C'est une sorte de punition que tu m'infliges ?

— Quand comprendras-tu qu'Evie Croft n'est pas une punition mais un cadeau. Trouvez un terrain d'entente, un moyen de travailler ensemble et tu verras, tu finiras par me remercier.

Las, Armand s'affala dans le fauteuil.

— Elle ne me laisse pas tranquille. Elle m'a même reproché de ne pas avoir d'ordinateur.

— Excuse-moi, mon vieux, mais quiconque a des yeux

peut constater que tu vis dans une autre époque. Regarde ta montre !

— Elle est vintage.

— Ton téléphone est archaïque.

— Il passe et reçoit des appels téléphoniques, c'est tout ce que je lui demande. Pour en revenir à Evie, elle a regardé les vingt-quatre vidéos en une seule matinée !

Jonathon éclata de rire.

— Je t'avais dit que je savais les choisir.

— Elle a triché, c'est sûr.

— Elle est juste douée.

— Elle ressemble aux personnes que je dois d'habitude démasquer, pas à celles avec qui je choisis de travailler.

— Tu as fini de te plaindre ?

— Oui.

— Bon. Après avoir terminé, est-elle restée sans rien faire, à regarder le plafond ?

— Non.

— A-t-elle fait semblant de travailler tout en consultant discrètement son téléphone ?

Non plus.

— Elle m'a simplement demandé de lui donner du travail.

Le téléphone de Jonathon sonna.

— Excuse-moi un instant.

Jonathon occupé, Armand en profita pour se laisser aller à la réflexion et sortit son téléphone portable de sa poche.

Contrairement à ce qu'Evie pensait, il n'était pas technophobe. Au contraire. À l'université, il avait construit une radio amateur. Il avait également réparé un talkie-walkie, une fois, pendant une attaque au mortier. Il était simplement plus efficace avec un papier et un crayon, sans doute parce qu'il avait grandi dans une famille de marchands d'art. Les Debussey étaient tous fascinés par l'art sous toutes ses formes. Dès la naissance, ils apprenaient à apprécier la beauté. Par contre, personne ne leur enseignait à regarder dans les yeux d'une personne, ni à éplucher les différentes pelures de son âme jusqu'à découvrir ses secrets les plus enfouis.

— Tout va bien ? lui demanda Jonathon après avoir raccroché.

Il ne répondit pas. Il en avait assez de devoir sans cesse rassurer ses interlocuteurs sur le fait qu'il allait bien.

— Fais le nécessaire pour trouver la faille dans ma nouvelle application, c'est tout ce que je te demande. Après tout, c'est la raison pour laquelle je t'ai fait venir ici.

— Si je me souviens bien, tu as plutôt fait appel à moi parce que j'étais, laisse-moi essayer de retrouver les mots exacts, « en train de dépérir dans mon grand château couvert de lierre comme un héros tragique de roman médiéval ».

— Evie peut t'aider, mais si tu préfères travailler seul, à toi de voir.

Pour toute réponse, Armand hocha la tête et rejoignit son bureau au bout du couloir.

La porte était fermée, mais il y avait du bruit à l'intérieur, comme une pulsation, un battement de cœur. Sans attendre, il posa son pouce sur le discret clavier et la serrure se déverrouilla.

Depuis son retour de pause, Evie s'était installée comme si elle était chez elle. Elle avait allumé toutes les lampes et avait branché son téléphone sur un minuscule haut-parleur en forme d'ananas qui diffusait de la musique.

Elle avait remonté ses cheveux sur le sommet de sa tête en un chignon qui se balançait au rythme de la musique tandis que ses doigts dansaient sur son clavier.

Il prit une profonde inspiration. La pièce entière sentait la cerise.

— Mademoiselle Croft. Evie.

Elle ne devait pas l'avoir entendu entrer car elle sursauta et rougit.

— Je vous ai aperçu avec Jonathon, dit-elle en coupant la musique. Je suis virée ?

— Avez-vous fait quelque chose qui mériterait un licenciement ?

— Je ne pense pas. J'ai fait ce que vous m'avez demandé. En accéléré.

— Je crois que Jonathon aurait été déçu si vous n'aviez pas trouvé un moyen de contourner ses instructions.

Visiblement soulagée, elle éclata de rire.

— Je comprends pourquoi le service des relations humaines produit de telles vidéos mais ils devraient moderniser un peu le contenu, le rendre plus attractif.

— À l'occasion, n'hésitez pas à le lui dire.

— Jonathon vous a-t-il aussi obligé à les regarder ?

— Bien sûr.

— Menteur !

Surpris, il riva son regard au sien. Il n'avait pas bougé les pieds, ses narines ne s'étaient pas dilatées. Il n'avait montré aucun de ces signes du mensonge qu'il avait appris à détecter pendant ses années d'entraînement à la Légion. Pourtant, elle avait vu clair dans son jeu.

Il pouvait toujours se rassurer en se disant que son cœur n'avait pas accéléré ni ses mains transpiré. Malheureusement, ces excuses étaient usées jusqu'à la corde.

La meilleure solution était sans doute de changer de sujet.

— Votre compagnon de déjeuner semble beaucoup vous apprécier.

— Jamie ? Vous croyez ?

— Ça saute aux yeux.

— Comment le savez-vous ? Non, ne me dites rien. De toute façon, je ne suis pas intéressée.

— Pourquoi pas ?

— Parce que je ne mélange jamais le travail et le plaisir. Tout devient flou dès que les limites sont franchies, et quand la relation s'effondre…

Du poing, elle mima une bombe qui explose. Sa bouche se plissa, sa jolie bouche… Parfaite pour…

Stop. Il chassa ces idées de sa tête.

— Vous, les Australiens, vous êtes trop coincés. En France,

ces questions-là ne sont pas un problème. Peu importe où se rencontrent les amants, dans un bar, au travail… Le lieu n'est qu'un décor dans une relation.

— J'essaierai de m'en souvenir, répondit-elle en accrochant ses grands yeux couleur chocolat aux siens.

— Bon, revenons-en au travail.

— Avec grand plaisir.

— Avez-vous signé l'accord de confidentialité ?

— Évidemment.

Quelle énergie elle avait. Quelle passion elle déployait pour tout. Avait-il, lui, déjà ressenti un tel intérêt pour quoi que ce soit ? Pour qui que ce soit ? Il en doutait.

D'un geste de la main, il l'invita à s'asseoir dans un fauteuil avant de faire de même.

— Jonathon a récemment acheté une application développée par une start-up et souhaite que nous l'examinions avant son lancement.

— Il l'a déjà achetée ?

Il acquiesça d'un hochement de tête.

— Et maintenant, il veut que j'y jette un coup d'œil ?

— Oui.

— C'est bizarre. C'est comme acheter une maison et vérifier seulement après qu'il n'y a pas de termites.

— Je crois vous avoir déjà dit que Jonathon s'emballe parfois.

— N'importe lequel des gars en bas est capable de vérifier le code d'une application, de faire un bêtatest… Pourquoi Jonathon a-t-il besoin de moi ? … Armand ?

— Oui, Evie.

— Y a-t-il des termites dans la nouvelle application de Montrose ?

— Nous pensons que oui.

Elle frappa dans ses mains et prit un air chagriné.

— Ce n'est pas étonnant, aucun programme n'est parfait. À moins que… À moins qu'il ne craigne que la faille ne soit systémique. Ou délibérée. Est-ce pour cette raison que nous sommes enfermés dans ce bureau ? Jonathon croit que son application a été sabotée ?

Armand, songeur, passa une main sur sa barbe naissante. Il était temps d'arrêter de penser à Evie comme à une jeune fille innocente. Le fait qu'il ait vécu une douzaine de vies de plus qu'elle n'enlevait rien à l'ingéniosité de la jeune femme, à son intelligence.

— Bon sang, dit-elle en se mettant à faire les cent pas, qui pourrait faire une telle chose ?

— Les entreprises dont les offres ont été rejetées. Des concurrents, des…

— C'est bon, j'ai compris. Je dois donc chercher des termites. Et vous ? Quel est votre rôle dans tout ça ?

— Je dois découvrir qui les a cachés et pourquoi.

— Comment ?

— Je passe en revue les discussions en ligne, les relevés téléphoniques, les relevés bancaires… Les coupables se trahiront forcément à un moment ou à un autre, en faisant un achat, en se vantant dans un bar, en signant un contrat… Tout le monde se trahit toujours.

Elle jeta un coup d'œil vers les dossiers empilés sur son bureau.

— Vous avez travaillé tout seul, jusqu'à présent ?

Il hocha la tête.

— Eh bien ! dit-elle en faisant craquer ses articulations, rassurez-vous, vous n'êtes plus seul, désormais. Montrez-moi le chemin, partenaire.

À ses mots, il sentit quelque chose de ténu s'animer en lui. Une trace de vie ? Un souvenir ? Le frisson de la chasse ?

— De quoi avez-vous besoin pour travailler ?

Elle esquissa un sourire malicieux.

— Tout est là. Les programmeurs laissent toujours des traces. S'ils ont laissé des miettes, je les trouverai. J'ai dû vous faire peur, tout à l'heure, quand j'ai parlé de bêtatest. Je parie que vous n'êtes pas habitué à ce genre de conversation, dans votre domaine.

— Je n'ai pas toujours été le fringant gratte-papier que vous avez devant vous, répondit-il tout de go sans même prendre le temps de réfléchir. Il n'y a pas si longtemps, je travaillais dans le renseignement, dans la recherche d'individus et le sauvetage.

Elle s'arrêta de faire les cent pas et, sans jamais le quitter du regard, s'installa sur l'accoudoir du fauteuil. Il avait visiblement suscité sa curiosité.

— Vous ?

— La petite fille d'un ami de la famille avait disparu.

— Allez, ne me faites pas languir, dites-m'en plus. Que s'est-il passé ? Comment avez-vous été impliqué ?

Il réprima un soupir. Finalement, il regrettait d'avoir abordé le sujet. Hélas, maintenant qu'il avait commencé, il n'avait plus qu'une option, lui avouer la vérité.

— J'avais de l'expérience dans la traque des voyous. Des amis de mon père m'ont demandé de l'aide. En quelques heures, j'ai constitué une équipe avec d'anciens collègues dont je pensais qu'ils avaient les compétences requises, l'endurance et la loyauté nécessaires. Le père de la fillette était un membre important du gouvernement français, un homme aux idées de gauche très marquées. Les chances de retrouver la petite fille étaient minces.

— Pitié, dites-moi que l'histoire se termine bien.

— Pour reprendre votre expression, nous avons suivi les miettes et retrouvé la petite fille en moins de vingt-quatre heures. En vie. Indemne. L'histoire se termine bien.

Malgré toute sa discrétion, la nouvelle s'était répandue dans les plus hautes sphères du pouvoir. Depuis ce sauvetage, au moindre problème il était contacté. Sans vraiment réfléchir au futur, il avait mis sur pied une équipe d'hommes comme lui, des hommes compétents et libres, ayant vu le mal et aspirant désormais à faire le bien.

Et il avait réussi. Il avait réussi à créer le mélange parfait entre son expérience et son éducation.

Malgré tout, même s'il tentait d'en rester là et de se concentrer sur les bons moments, comment empêcher son esprit de penser à ce qui s'était passé après, de penser à Lucia, la tante de la petite fille ?

Ils s'étaient rencontrés le jour où il avait ramené sa nièce chez elle. Issue d'une famille aussi respectée que la sienne, d'une beauté froide et raffinée, elle lui était apparue comme la clé de son retour vers le monde des vivants.

Il avait eu tort.

— Eh bien, murmura Evie d'une voix rauque qui le ramena au présent, vous êtes un véritable héros. Vous et votre équipe de chevaliers des temps modernes.

— Nous avons simplement certaines compétences et nous savons les utiliser.

— Ne soyez pas modeste. Vous avez le droit d'être fier, vous avez sauvé une petite fille.

Elle semblait si heureuse pour lui qu'il sentit ses lèvres le tirailler, comme si un sourire cherchait à se former. Malheureusement, impossible d'y arriver, ses muscles étaient trop crispés, il ne les avait pas utilisés depuis trop longtemps.

Le parfum de cerise d'Evie lui parvint soudain et il passa une main sur son visage avant de regagner son bureau.

« Des miettes », avait-elle dit.

Chaque vie était un chemin, parfois rectiligne, parfois sinueux. Certains chemins étaient larges et sans danger, d'autres traîtres et escarpés. D'autres encore s'arrêtaient net au pied d'une montagne et obligeaient le voyageur à chercher un moyen de contourner l'obstacle.

Puisqu'ils étaient conçus par des humains, les programmes informatiques suivaient forcément la même logique. Connaissant le terrain, Evie serait capable de lire la carte et de trouver la montagne qui barrait la route de Jonathon. À lui, ensuite, de découvrir qui l'avait placée là.

D'ailleurs, il était temps de s'y mettre.

— Icône bleue.

Comme si elle avait déjà travaillé avec lui et comprenait sa manière d'agir, elle retourna à son bureau et jeta un coup d'œil à l'écran.

— C'est bon, je l'ai.

Il lui donna alors le mot de passe et la regarda tapoter des doigts sur le bureau en attendant que le programme charge.

Il repéra le moment où elle vit le nom du programme. Ce n'était pas tant une énième application qu'un nouveau logiciel de communication, celui que le pays tout entier attendait.

Incrédule, elle se tourna vers lui et le fixa, les yeux écarquillés.

— Vous vous moquez de moi ?

Il secoua simplement la tête.

Il la regarda inspirer et expirer profondément, agiter les mains comme pour en évacuer des fourmis. Il avait vu de tels gestes des centaines de fois. Elle se préparait au combat.

— Je peux le faire, Armand.

— Je n'en doute pas.

Ce n'était pas un mensonge, il le pensait sincèrement.

Pendant les quelques minutes qui suivirent, ils travaillèrent en silence, Evie, concentrée, tapotant sur son clavier magique. Lui, étudiant la correspondance entre les avocats de Jonathon et la société à laquelle ce dernier avait acheté l'application, cherchant un éventuel problème. En vain. Il n'arrivait pas à se concentrer.

— Ça va ?

Elle se tourna vers lui, des lueurs d'or jaillirent de ses grands yeux bruns.

— Aucun termite pour l'instant, si c'est ce que vous vouliez entendre.

À vrai dire, il ignorait ce qu'il voulait entendre, aussi ne répondit-il pas.

— Si je suis l'Exterminateur, reprit-elle au bout de quelques minutes, comment dois-je vous appeler ?

— Armand fera l'affaire.

— Allez, détendez-vous un peu. Choisissez une fonction.

Elle n'avait aucun moyen de le savoir mais cette question l'obsédait depuis des années. Qui était-il ? Un Debussey. Un érudit. Un historien d'art. Il était aussi un fantassin, un exécuteur, un chef. Un assistant. Une ombre. Il était une arme. Il le croyait en tout cas, jusqu'au jour où il avait compris que même le plus déterminé, le plus compétent et le plus ardent défenseur du bien pouvait faire le mal.

En ce moment, il était simplement un homme qui rendait service à un ami. Et, pour parvenir au bout de cette mission, il avait besoin d'un partenaire. C'était le rôle d'Evie dans cette aventure. Elle avait une meilleure connaissance du terrain que lui.

Il avait cru que Jonathon lui avait mis Evie dans les pattes pour s'amuser, pour jouer avec lui. Il se rendait compte désormais qu'elle était bien plus que la jeune femme exubérante qu'elle semblait être.

Il s'éclaircit la gorge.

— Vous pouvez m'appeler le Fossoyeur.

Elle éclata de rire et lui lança un regard en coin.

Aussitôt, comme par magie, une partie de son corps qu'il s'imaginait n'être que poussière, douleur et remords, reprit vie.

— Je tue le problème et vous l'enterrez ?

— Quelque chose comme ça, oui.

— Parfait.

Elle hocha la tête puis se remit au travail avec une étonnante concentration. Il avait l'impression que, d'un coup de baguette magique, elle avait rangé en elle toute son énergie débordante. Elle se balançait maintenant au rythme de la musique.

Sa raison le rappela soudain à l'ordre. Il était en train de la fixer, or ce n'était pas le moment de se laisser distraire. Jusqu'à présent, il s'était contenté de délimiter le contour du terrain de jeu. L'heure était venue de jouer. Il attrapa un dossier et s'y plongea.

Evie ouvrit la porte de l'appartement de Zoé, jeta son bonnet et son écharpe sur la table avant de s'effondrer en soupirant sur le canapé.

— Tu as bien travaillé ?

Zoé, debout devant la porte de sa chambre, mangeait du thon en boîte.

— C'était une journée incroyable.

Le code sur lequel elle avait été engagée pour enquêter était magnifique, élégant, propre. Si propre qu'il brillait. Ce qui voulait dire que la moindre erreur devait être visible de loin. Mais le meilleur moment de sa journée avait été de découvrir une partie de l'homme qui se cachait derrière la dure carapace d'Armand.

— Raconte-moi.

— Le travail en lui-même… je ne peux pas en parler.

— J'ai l'habitude.

— Malgré la décontraction ambiante, le travail est très sérieux, et la technologie… Je crois que je suis amoureuse. Oui, je suis amoureuse du matériel.

— Et tes collègues ?

La voix profonde d'Armand lui racontant le sauvetage de la petite fille remonta à son esprit. Elle déglutit, ce n'était pas le moment d'y penser.

— Mes collègues sont presque uniquement des hommes.

— Tu en as, de la chance. Pour moi, dans la mode, c'est plutôt l'inverse. Y a-t-il un homme en particulier dont tu souhaiterais me parler ?

Evie essaya de se souvenir du visage de Jamie, mais tout ce qui lui revenait, c'étaient ses cheveux clairs et son attitude. Puis l'image vague se fit plus précise, le visage plus anguleux, les yeux plus orageux, la posture plus élégante, l'air plus renfrogné, et l'accent plus sexy. Ce n'était plus Jamie qu'elle voyait, c'était Armand. Armand en train de lui expliquer que le lieu de rencontre des amants n'avait aucune importance.

— Non, mentit-elle. Pas un seul homme.

— Et Monsieur l'admirateur secret ?

Zut ! Elle avait oublié de raconter l'histoire à Zoé.

— J'ai oublié de te dire, le beau gosse du train travaille aussi pour Game Plan.

— C'est fantastique ! C'est sûrement un signe du destin.

— Oui… Enfin, non.

— Est-ce lui, l'admirateur secret ?

— Non.

Elle en était presque sûre à cent pour cent.

— Dommage.

— Non, c'est une bonne chose. Cela veut dire que nous pouvons entretenir une relation de travail normale.

Elle se leva pour se faire couler un bon bain chaud.

— Si ce n'est pas lui, alors qui est l'admirateur secret ? insista Zoé.

Evie ouvrit un peu plus fort les robinets. Elle n'avait pas envie de répondre à cette question.

5.

Le lendemain matin, Zoé et Evie s'installèrent à leurs places habituelles dans le train. La température était glaciale, en cette belle journée d'hiver, mais Evie ne percevait pas le froid. Ce qu'elle sentait en revanche, c'était sa nervosité. Incapable de rester tranquille, elle enleva son blouson rouge vif, puis le remit. Elle tripota son bonnet, noir aujourd'hui avec deux pompons en forme d'oreilles d'ours, et s'interdit de consulter l'écran indiquant le nombre d'arrêts restant jusqu'à la station d'Armand.

Heureusement, Zoé ne semblait pas percevoir sa fébrilité. Elle était trop occupée à envoyer des messages osés à Lance, de retour en Australie après une longue mission à l'étranger.

Plus que quelques jours et Evie devrait se trouver un autre endroit pour vivre.

Le train s'arrêta et ses yeux zoomèrent aussitôt sur la porte du wagon. Quelques instants plus tard, une silhouette familière apparut. Une silhouette sexy, parfaite… Evie prit une profonde inspiration. Surtout, rester calme et professionnelle, ne pas s'emballer.

Les yeux d'Armand croisèrent les siens et, comme par magie, elle oublia toutes ses bonnes résolutions. Ses sens s'éveillèrent, ses poils se hérissèrent et sa température grimpa en flèche.

Du coin de l'œil, elle vit Zoé faire un geste pour inviter Armand à les rejoindre.

— Laisse-le tranquille.

— Tu plaisantes, n'est-ce pas ?

Elle ne répondit pas. De toute façon, il était trop tard.

— Bonjour, Evie.

— Bonjour, Armand. Je vous présente mon amie Zoé. Zoé, voici Armand.

— Asseyez-vous donc, proposa Zoé après lui avoir serré la main. Il paraît que vous travaillez ensemble.

— Rassurez-vous, je n'ai rien dit sur notre projet, précisa Evie sans attendre.

— De toute façon, je ne comprendrais pas.

— C'est vrai, elle ne comprendrait pas. D'ailleurs, vous non plus, vous ne comprenez pas tout.

À ces mots, le regard intense d'Armand s'assombrit, juste une fraction de seconde, mais suffisamment longtemps pour qu'un frisson la traverse. Puis, comme si de rien n'était, il se tourna vers Zoé.

— Elle pense que je suis un luddite.

— Je croyais que vous étiez français.

— Il l'est.

Amusée, Evie esquissa un sourire tandis que les prunelles d'Armand se mettaient à pétiller, comme s'ils partageaient un secret. À cette idée, l'émotion la gagna et son cœur fit des bonds dans sa poitrine, mais sa raison la rappela à l'ordre. Mieux valait expliquer à Zoé l'histoire des luddites et leur aversion pour les nouvelles technologies.

La conversation glissa ensuite vers le dessin assisté par ordinateur, que Zoé était obligée d'apprendre pour son travail, et le chauffage par le sol dans l'appartement d'Armand, à South Yarra.

— Ça doit être très agréable, dit Zoé. À propos, vous avez une chambre d'amis ?

Pourquoi lui posait-elle cette… Zoé ! Bon sang !

Evie lui donna un coup de coude pour la faire taire.

— C'est une question parfaitement raisonnable ! se défendit son amie. Sous son apparence détendue, Evie est paniquée car elle s'est mis en tête de quitter mon appartement à la fin de la semaine.

— Elle a en effet évoqué son futur déménagement, répondit Armand.

— Elle pense être obligée de partir car mon petit ami va emménager avec moi.

— Je n'ai pas le choix, l'appartement n'a qu'une chambre et je dors sur un futon dans le salon. Quand Lance s'installera, nous serons à l'étroit, l'appartement sera vite encombré et l'ambiance…

— … intime, dit Armand d'une voix douce qui lui fit l'effet d'une caresse.

Troublée, elle déglutit. Et dire qu'elle avait décidé de rester cool et professionnelle…

— Ne vous inquiétez pas, reprit Zoé, ce changement n'aura aucune conséquence sur la concentration d'Evie.

— Je ne suis pas inquiet. Je l'ai vue travailler. Je sais qu'il faudrait au moins un bombardement aérien pour la distraire.

— Et vous ne la connaissez que depuis vingt-quatre heures ! Bon, je ne vous retiens pas plus longtemps, voici votre arrêt.

Sans attendre, Armand se leva d'un bond. De son côté, Evie attendit un peu. Hors de question de lui courir après comme la veille.

— Ne soyez pas en retard, lui cria-t-il avant de disparaître dans la foule.

— Il me plaît bien, fit Zoé avec un clin d'œil.

— Alors tu peux l'avoir !

Evie prit son temps pour aller au travail, elle traîna en chemin. Elle s'attarda même tant qu'elle finit le trajet en courant, de peur d'être en retard, et arriva essoufflée dans l'open space.

Elle n'avait toujours pas repris son souffle lorsqu'elle croisa son patron.

— Monsieur Montrose.

— Evie. Comment allez-vous ?

— Très bien.

— J'espère qu'Armand ne vous fait plus peur.

Elle laissa échapper un petit rire nerveux.

— Il n'est pas effrayant, juste… juste distant.

Et aussi arrogant, colérique, mystérieux, séduisant, fascinant… Elle avait le choix parmi les qualificatifs.

— Comprenez-le, ce n'est pas facile d'être un génie au milieu de simples mortels.

— Dans ce cas-là, comment se fait-il que vous, vous soyez aussi accessible ?

Jonathon la fixa. Il la dévisagea avec attention, comme s'il hésitait à lui répondre, ou qu'il la voyait pour la première fois.

Pitié, ne me licencie pas !

Après quelques secondes qui lui parurent durer une éternité, il éclata de rire.

— Tenez-moi au courant, Evie, dit-il, à nouveau sérieux.

— Bien sûr.

— Donnez-moi des nouvelles de l'enquête, mais aussi d'Armand.

— D'Armand ? Je ne suis pas sûre de comprendre.

— Dites-moi s'il est sympathique, s'il vous laisse assez d'autonomie dans votre travail, parlez-moi de son état d'esprit…

— Son état d'esprit ?

Jonathon jeta un coup d'œil par-dessus son épaule et observa les alentours comme pour vérifier qu'ils étaient bien seuls.

— Vous a-t-il parlé de son passé ?

En dehors de l'histoire de la petite fille, non.

— Jusqu'à présent, nous avons surtout évoqué le travail.

— Savez-vous s'il s'adapte, s'il se fait des amis…

La seule fois où elle avait vu Armand interagir avec quelqu'un, c'était quand il avait interrompu son déjeuner avec Jamie.

— Pour être honnête, je ne peux pas vraiment vous répondre.

— Déjà loyale ? C'est bon à savoir.

Était-ce de la loyauté de sa part ? Ou simplement de l'ignorance ?

Sa gorge se serra et la nervosité la gagna au souvenir d'une conversation similaire avec son ancien patron, qui lui avait demandé comment les choses se passaient avec Eric. Sur le coup, elle n'avait pas compris, elle s'était contentée de répondre qu'ils avaient rompu et qu'ils avançaient chacun dans une direction différente. Elle n'avait pas saisi que son patron lui demandait, en fait, si elle n'avait rien remarqué d'anormal.

Ce qui ne voulait pas dire qu'Armand ressemblait à Eric, c'était même tout le contraire.

Eric était affable, avenant, et avait l'air aussi inoffensif qu'un saint-bernard, alors qu'il ne l'était pas, tandis qu'Armand… Armand ressemblait davantage à un doberman, et son instinct lui recommandait de ne pas trop s'en approcher. Et pourtant, il lisait de vrais livres, laissait sa place aux vieilles dames dans le train… Il avait même semblé sincèrement préoccupé, à sa manière évidemment, par le fait qu'elle puisse bientôt se retrouver à la rue.

Avant qu'elle ait eu le temps de répondre à Jonathon, celui-ci la salua d'un signe de la tête et s'éloigna. Elle rejoignit rapidement son bureau.

Elle allait apposer l'empreinte de son pouce sur le clavier de sécurité lorsqu'elle constata que le boîtier avait disparu et que la porte était entrouverte. Elle jeta un coup d'œil à l'intérieur. Armand était en train de démonter le mécanisme.

Curieuse, elle s'approcha. Son grand-père lui avait appris des rudiments d'électricité, lorsqu'elle était très jeune, dès qu'il avait compris que sa curiosité n'avait pas de limites.

Armand ne savait peut-être pas faire la différence entre un gigaoctet et une piqûre d'insecte, mais il possédait clairement d'autres talents. Des talents qui ne faisaient qu'accroître son intérêt.

Il laissa échapper un grognement puis marmonna quelques mots en… en suédois ? Elle ne l'avait pas remarqué tout de suite, mais il était au téléphone. Un bon vieil appareil fixe était coincé entre son oreille et son épaule, mais le plus surprenant, c'était le ton de sa voix. Il était presque joyeux.

Perplexe, Evie jeta un coup d'œil dans la direction du bureau de Jonathon. Devait-elle parler à Armand de sa conversation avec ce dernier ? Elle hésitait un peu.

En attendant, elle se dirigea vers son bureau et s'arrêta net en découvrant un nouveau meuble, un petit casier suffisamment grand pour qu'elle y range son sac à dos et les quelques objets personnels qu'elle avait apportés de chez elle. Deux patères avaient également été fixées pour son écharpe et son bonnet.

Qui devait-elle remercier pour cette installation ? Elle se retourna pour interroger Armand mais y renonça en le voyant bouger les mains dans tous les sens, comme pour illustrer un point que la personne à l'autre bout de la ligne ne pouvait pas voir.

Son regard remonta jusqu'à la bouche d'Armand et elle se figea, incrédule. Son sourire illuminait jusqu'à ses yeux. C'était la première fois qu'elle le voyait sourire ainsi.

Leurs regards se croisèrent soudain et, incapable de résister à la tentation, elle y plongea. Elle se noya dans ses prunelles bleu horizon jusqu'à ce qu'il cligne des yeux et détourne le regard.

Bon. En attendant que son cœur retrouve un rythme plus normal, elle alluma son ordinateur. Il était temps qu'elle se mette au travail.

— Réunion d'équipe, lui cria Armand une demi-heure plus tard, la faisant sursauter.

Il se trouvait dans l'espace salon de la pièce, cette espèce de *no man's land* à mi-chemin entre leurs bureaux.

Elle le rejoignit et s'installa sur l'accoudoir du fauteuil.

— Qui était au téléphone, tout à l'heure ?

— Un collègue.

— Un collègue…

— Un collègue chargé de vérifier l'historique.

Allait-il lui en dire plus ? Ou lui avouer ce qui l'avait fait sourire de cette façon ?

— A-t-il trouvé quelque chose à signaler ? À moins que je n'aie pas le droit de poser la question.

Il ne répondit toujours pas, se contentant de la dévisager de son regard impénétrable. Allait-il lui annoncer qu'elle n'était pas autorisée à l'interroger ?

Finalement, il inspira profondément et se décida à lui exposer les résultats qu'il avait obtenus jusqu'à présent, les erreurs comptables qui semblaient involontaires, les voies sans issue qu'il avait empruntées, les suspects potentiels... Eh bien, il avait abattu une impressionnante quantité de travail. Avec tout cela, quand avait-il le temps de dormir ? Ou de se faire des amis, comme l'avait suggéré Jonathon ?

— J'ai croisé Jonathon, ce matin.

— Et ?

— Et il m'a demandé de le tenir au courant.

Il se raidit.

— C'est normal, c'est lui le patron.

— En fait, il m'a demandé de garder un œil sur vous.

À ces mots, il se leva d'un bond et se mit à faire les cent pas, marmonnant en français. Elle reconnut quelques mots – confiance, allégeance –, mais surtout des jurons. Elle ne l'avait jamais vu afficher de telles émotions jusqu'à présent.

Elle se leva à son tour et, nerveuse, s'essuya les mains sur sa veste.

— Je vous en parle car je n'ai pas l'intention d'obéir.

— Comment cela ?

— Nous faisons équipe. Or, sans loyauté, une équipe ne peut pas fonctionner, j'en ai fait l'amère expérience par le passé. Mais si je me trompe et s'il y a quelque chose à votre sujet que je dois savoir...

— Vous l'avez dit, nous sommes une équipe, nous ne sommes pas amis. Vous en savez déjà suffisamment.

Le malaise envahit Evie, accompagné d'une sensation de honte.

— Oubliez ce que je viens de dire.

Il lui jeta un dernier et long regard avant de rejoindre son bureau.

— Si je comprends bien, la réunion d'équipe est terminée.

Il acquiesça d'un signe de tête.

— Si ce travail est si important pour vous, lui lança-t-il quelques minutes plus tard, pourquoi ne pas suivre les ordres de Jonathon ? Et pourquoi m'en avoir parlé ?

— Parce que cette demande m'a mise mal à l'aise.

Si elle avait retenu une leçon de la débâcle à son ancien poste, c'était qu'elle devait rester honnête.

Armand enfouit un moment son visage dans ses mains avant de se redresser et de la dévisager, le regard noir, tourmenté.

— De mauvaises choses arrivent parfois à des gens bien. Je l'ai vu maintes et maintes fois. Si vous ne parvenez pas à vous endurcir, j'ai peur pour vous. J'ai vraiment peur.

— Quant à vous, si vous préférez opter pour la stratégie de l'évitement et ne pas regarder en face ce qui préoccupe Jonathon, vous risquez de souffrir. J'ai peur pour vous, Armand. J'ai vraiment peur.

Il ne répondit pas, et elle se remit au travail.

Elle tapa avec énergie sur son clavier jusqu'à ce qu'elle se souvienne qu'il s'agissait de son prototype adoré ; elle devait faire plus attention. Il lui fallait à tout prix maîtriser sa colère.

Une pensée lui traversa soudain l'esprit.

Elle ne savait pas grand-chose de ce qui poussait les gens à agir comme ils le faisaient, mais la famille, elle connaissait. La camaraderie, elle connaissait aussi.

Ces notions avaient été absentes de son dernier emploi. Ses collègues ne l'appréciaient que pour ses compétences. Elle passait ses journées enfermée dans un bureau où personne, sauf Eric, ne pouvait la voir. Au lieu de s'en trouver valorisée, elle s'était peu à peu sentie isolée. Elle avait eu l'impression d'être traitée comme un outil plutôt que comme un être humain.

Si Armand avait peur pour elle, cela voulait dire qu'elle

n'était pas qu'un simple rouage dans la machine, ici. Elle comptait, du moins pour lui.

Soulagée, elle esquissa un sourire. Finalement, ce partenariat n'était peut-être pas le pire de sa vie.

Son estomac gargouilla. Zut. Armand l'avait-il entendu ? Elle leva discrètement les yeux. Non, il n'avait pas dû faire attention. Il était dans sa position habituelle, penché sur ses dossiers, la douce lumière dorée de sa lampe soulignant son profil majestueux et sérieux.

Cet homme s'inquiète pour moi. Il s'inquiéterait si quelque chose de terrible m'arrivait.

Il se redressa soudain et, gênée, elle se mordit la lèvre.

— Avez-vous apporté à déjeuner ? lui demanda-t-elle sans attendre.

— À déjeuner ? Je… Non.

Même si elle refusait de jouer le jeu de Jonathon, celui-ci avait mis le doigt sur un point important en demandant si Armand s'était fait des amis. Elle n'avait aucune intention de l'espionner, mais cela ne voulait pas dire qu'elle ne pouvait pas agir, qu'elle ne pouvait pas veiller sur lui.

— Je descends au Miam Bar me chercher quelque chose de bon à manger. Est-ce que… vous voulez m'accompagner ?

Il hésita quelques secondes puis, à sa grande surprise, referma son dossier.

— Pourquoi pas.

— Vraiment ? Allons-y, alors.

Une fois sorti du bureau, il verrouilla la porte à double tour. Pourtant, le clavier de sécurité, remis en place par Armand, en limitait l'accès. Décidément, cet homme ne faisait confiance à personne. Elle, de son côté, accordait le bénéfice du doute à tout le monde.

Lorsqu'ils pénétrèrent dans l'open space, qui dégageait une énergie sensiblement différente du calme qui régnait à l'étage, elle jeta un coup d'œil discret vers Armand. Il semblait en alerte. Quand elle le voyait ainsi, elle n'avait aucun mal à imaginer l'homme qu'il avait dû être autrefois, lorsqu'il avait sauvé une petite fille kidnappée.

Elle lui donna un coup de coude pour qu'il se détende puis, dans le couloir menant au Miam Bar, elle attrapa son poignet. Il se figea aussitôt, visiblement bouleversé par ce contact humain, mais tant pis. Ignorant sa réaction, elle glissa sa main dans la sienne et l'entraîna vers la salle de jeux, où Jamie et quelques collègues étaient en train de s'affronter dans une partie de « Jungle Fever III », l'avant-dernier niveau du jeu *Insurgent*.

— Salut, les gars.

Elle lâcha la main d'Armand qui, visiblement mal à l'aise, la glissa aussitôt dans la poche de son pantalon de costume.

— Evie, fit Jamie sans lâcher la manette du jeu. Je suis heureux de te voir ici. Armand, bienvenue en enfer.

— Ça y ressemble, en effet, répondit-il le regard fixé sur l'écran géant, sur lequel des soldats en tenue de camouflage et armés jusqu'aux dents tentaient de se sortir d'une embuscade.

— Depuis combien de temps es-tu coincé à ce niveau, Jamie ?

— Deux heures et seize minutes.

— Jonathon vous paie pour jouer ? demanda Armand, visiblement surpris.

— Nous sommes sur le point de lancer « Jungle Fever IV » et nous devons nous assurer que nous n'avons pas reproduit de scène identique.

— Faites-vous appel à des consultants militaires ?

— Mon oncle était lieutenant au Vietnam. Nous avons interrogé certains de ses camarades.

Curieuse, Evie avança dans la pièce et observa l'écran.

— Vous voulez un coup de main ?

— Je te laisse ma place, dit un des joueurs.

Il lui passa la manette et elle la proposa à Armand.

— Voulez-vous leur montrer comment on fait ?

Un éclair digne d'un orage passa dans les yeux d'Armand.

— À vous l'honneur.

— Très bien.

Elle se secoua les mains et s'étira avant de prendre quelques instants pour se familiariser avec la manette.

— Maintenant, suis-moi, ordonna-t-elle à Jamie, puis elle débloqua le niveau en une minute et demie.

Fière et heureuse, elle se tourna vers Armand. Ce dernier était adossé contre l'embrasure de la porte, les bras croisés, l'air détendu. Un sourire éclairait son visage. Un véritable sourire, dévoilant ses dents, remontant jusqu'à ses yeux. Charmée, elle frissonna.

L'Armand grincheux était séduisant mais l'Armand souriant était envoûtant. Irrésistible.

— Comment as-tu réussi à débloquer le niveau aussi vite ? lui demanda Jamie.

— J'ai du talent, c'est tout, répondit-elle en haussant les épaules.

— Écoutez-moi tous, cria alors Jamie. Je vous présente Evie Croft et je vous préviens, elle est douée !

À tour de rôle, chacun des hommes présents déclina son nom. Elle allait avoir du mal à se souvenir de tous, mais tant pis. Elle était heureuse, elle avait l'impression de faire partie de l'entreprise, de l'équipe. Elle ne s'était pas sentie aussi bien depuis le jour où elle avait découvert la prédiction dans le biscuit chinois.

Par contre, Armand ne souriait plus. Son visage était même encore plus fermé que d'habitude. À l'évidence, il n'avait plus qu'une envie, fuir.

— Excusez-moi.

Inquiète, elle fendit la foule et le rejoignit.

— N'y pensez même pas, lui murmura-t-elle avant de le prendre par le bras. Messieurs, je vous présente Armand Debussey.

À sa grande surprise, il sourit poliment et échangea quelques mots avec les joueurs. Finalement, il savait être sociable.

Quelques minutes plus tard, l'attroupement se dispersa et chacun repartit vers ses occupations.

— Eh bien, ce n'était pas si difficile. Vous êtes un véritable être humain, en fait.

Il sourit, juste un peu, et elle en profita pour plonger dans le tourbillon orageux de son regard. Elle ne s'était jamais tenue si près de lui auparavant, à part pour lui donner un coup de coude dans le train, évidemment. Elle était si proche qu'elle pouvait lire les lignes sur son visage, des lignes qui trahissaient l'inquiétude, la préoccupation.

Curieuse, elle se mordit la lèvre et vit son regard se poser sur sa bouche. Et s'y attarder. Comme par magie, sa température monta aussitôt en flèche et ses genoux vacillèrent.

Puis il fit un pas en arrière et elle retomba sur terre. L'instant était terminé. Tant pis.

— Bon, on va manger ?

— Non, pas de repas pour moi. J'ai une question urgente à régler.

— Je vous verrai au bureau, alors.

Sans un mot de plus, il sortit de la pièce et Jamie vint vers elle.

— J'ai l'impression que tu cherches un compagnon pour le déjeuner, fit-il avec un clin d'œil.

Si Armand était insaisissable, toujours sur la retenue, ce n'était pas le cas de Jamie.

Et si c'était à Jamie que faisait référence le biscuit chinois ? Était-il la relation amoureuse qu'elle devait tuer dans l'œuf ? Voilà qui serait facile. Jamie était plutôt beau garçon mais elle n'éprouvait rien pour lui. En tout cas rien de comparable à ce qu'elle ressentait quand Armand la regardait.

— Merci, mais je ne pense pas que ce soit une bonne idée.

Comme un petit garçon pris en faute, il baissa les yeux.

— Toi et Armand vous n'êtes pas…

— Mon Dieu, non ! Nous travaillons ensemble sur un projet, c'est tout.

Jamie la dévisagea un moment puis hocha la tête.

— Tu m'accorderas une revanche ?

— Avec plaisir.

Il la salua et sortit. Seule dans l'open space, elle plongea dans ses pensées.

Être applaudie et attirer tous les regards, c'était le rêve de sa mère, un rêve si démesuré que, lorsqu'elle était tombée, elle était tombée de haut. Evie, elle, n'avait jamais voulu d'ovations, elle cherchait simplement à se faire une petite place quelque part. Aujourd'hui, elle en avait enfin une et pourtant, elle se sentait étrangement vide.

6.

Armand baissa au minimum l'intensité de sa lampe de bureau. La tension dans ses épaules, effet de la surstimulation de ces dernières heures, lui rappelait à quel point il s'était coupé du monde. Il était resté trop longtemps tout seul à ressasser le passé.

Sa vie avait bien commencé, avec une enfance dorée passée entre Saint-Germain-des-Prés et la Côte d'Azur. À l'issue de ses études, partir en Turquie avec des amis, dont le jeune Jonathon Montrose, lui avait semblé tout naturel, une sorte d'évidence. Mais une évidence qui avait modifié du tout au tout le cours de sa vie.

Aujourd'hui encore, il se souvenait avec une incroyable précision du moment où sa vie avait basculé. C'était une belle journée de printemps. Ses amis et lui étaient descendus d'un bus délabré dans un village isolé, traînant leurs valises bien pleines derrière eux. Pour la bande de rebelles affamés qui attendait, cachée dans les rochers, ses amis et lui avaient l'apparence de fruits bien mûrs, prêts pour la cueillette.

Il se rappelait s'être assis sur son sac et avoir regardé Jonathon discuter avec le chauffeur du bus lorsque, soudain, Katrina, une Américaine de leur groupe, avait poussé un cri strident. Il s'était retourné et l'avait vue, du sang sur le visage, être traînée par plusieurs hommes armés.

Les bras levés en signe de paix, il avait poursuivi les bandits, les suppliant de la libérer, leur proposant tout ce que contenaient ses poches – son portefeuille, son passeport, un paquet de chewing-gum… En vain.

Des années plus tard, il se souvenait encore des gouttes de sueur qui perlaient sur son front, de la sensation de vide au creux de son estomac. Il se remémorait surtout le sentiment d'impuissance qui l'avait envahi. Il aurait suivi Katrina jusqu'au bout du monde et aurait même pris sa place, s'il l'avait pu.

Malheureusement, il avait grandi dans le luxe, dans une famille de marchands d'art, il ne connaissait rien aux privations et à la famine, à la douleur et à la peur. Comment négocier avec ces gens alors qu'il n'était même pas capable de protéger ses amis ?

Démuni, il avait vu Katrina être jetée à l'arrière d'un camion et disparaître.

Trois jours plus tard, après une traque policière renforcée, l'intervention de l'ambassade américaine et le paiement d'une rançon, la jeune femme avait retrouvé la liberté, blessée mais vivante.

Elle était aujourd'hui avocate en droit de l'immigration, à Washington.

Jonathon avait quitté l'Europe peu de temps après, naviguant quelques années sur les océans avant de revenir en Australie et d'investir tout son argent dans des start-up.

De son côté, il avait pris un autre chemin en s'engageant dans la Légion étrangère française. Sa famille n'avait pas compris sa décision, elle s'y était même opposée avec force, allant jusqu'à menacer de le déshériter. Sans succès. Les hommes de la Légion ne cédaient jamais.

Il s'était engagé pour apprendre à canaliser la fureur sauvage qui l'avait envahi en Turquie, pour pousser son corps et son esprit jusqu'à leurs limites, et même au-delà. Dépouillé de ce qui avait fait sa vie jusque-là, il s'était peu à peu reconstruit. C'était la seule solution qu'il avait trouvée pour surmonter le traumatisme. Il serait même resté dans la Légion au-delà de son engagement de cinq ans si une petite fille n'avait pas été enlevée.

Les faits remontaient aujourd'hui à plusieurs années. De l'eau avait coulé sous les ponts.

Se forçant à revenir au présent, il attrapa au hasard un document sur son bureau et l'étudia. Malheureusement, les mots dansaient sur la page, il ne parvenait pas à les lire. Il reporta son attention sur les étagères où s'alignaient des figurines à tête de mort, et un bonnet tricoté.

Les babioles d'Evie. Le bonnet d'Evie.

Après tout ce qu'il avait vu et fait dans sa vie, la liberté de cette femme le déstabilisait, elle le troublait. Avec son caractère ingénu, sa sincérité et sa façon aérienne de se mouvoir, elle semblait flotter dans une perpétuelle rêverie, et être totalement inconsciente des dangers du monde.

Pourquoi cela le dérangeait-il ? Après tout, il n'était pas responsable d'elle, il la connaissait à peine.

Elle était encore très jeune et ses opinions étaient bien trop tranchées. D'ailleurs, le fait qu'elle soit sortie indemne du scandale de son précédent emploi l'étonnait. Elle avait besoin d'un garde du corps, ou d'une baby-sitter. Même un petit ami ferait l'affaire. Pas lui, cependant, ce n'était pas son métier. Son métier était de chercher et de trouver, pas de protéger, même si l'idée qu'elle fréquente un des types de l'open space le remplissait de rage.

Mais un homme sombre comme lui, qui avait vu ce qu'il avait vu et fait ce qu'il avait fait, ne convenait pas à une femme lumineuse comme Evie Croft.

Comme par magie, elle choisit ce moment-là pour franchir, dans un tourbillon de bruit et d'énergie, la porte de leur bureau.

— Salut.

Ses jambes paraissaient interminables dans son jean moulant et ses bottes noires. Ses cheveux bruns ruisselaient sur les épaules de sa veste rouge brillante ; elle était naturelle et sexy, naturellement sexy.

Elle fit un pas de plus et trébucha, sans raison, comme un fauve titubant dans la forêt, faisant craquer des brindilles sous ses pattes pour avertir les chasseurs qu'il approchait.

— Ça va ?

— Super, répondit-elle en se recoiffant. J'ai fait bon voyage.

Malgré lui, les coins de sa bouche se soulevèrent légèrement. Avant de discuter avec elle, il la considérait comme une jeune femme naïve et innocente, et il n'avait pas revu son opinion. Ce qu'il avait découvert, en revanche, c'était son don pour l'autodérision, son incroyable intelligence et surtout la fulgurance avec laquelle ces qualités pouvaient le toucher.

— Avez-vous réglé votre problème urgent ?

— Pas tout à fait.

C'était même tout le contraire.

— Je pensais que vous alliez déjeuner au restaurant avec vos amis, dit-il.

— Vous parlez du Miam Bar ?

— Je me demande bien qui a trouvé ce nom ridicule.

— Espèce de rabat-joie, répondit-elle avant de le fixer de son regard perçant. Vous savez, ces types avec qui j'ai joué pourraient être vos amis aussi, si vous faisiez quelques efforts. Même si vous êtes un solitaire dans l'âme.

Qu'elle le voie, et l'accepte comme il était, alors que ceux qui étaient censés être ses plus grands soutiens lui reprochaient sa nature profonde, ne faisait que la rendre plus attachante.

— Bref, je sais que vous n'avez rien mangé depuis ce matin alors je vous ai pris un petit quelque chose.

Elle lui avait apporté à manger ?

— Inutile de me remercier, c'est un geste purement égoïste. Plus longtemps vous resterez sans manger, plus vous risquez d'être grognon. Alors asseyez-vous, mangez, et ensuite vous pourrez retourner broyer du noir dans votre coin.

Sans plus attendre, elle étala en guise de nappe deux serviettes en papier qu'elle avait manifestement volées dans la salle à manger, puis y disposa un assortiment de petits-fours sucrés et salés, et de fruits.

Elle attrapa ensuite deux coussins et les jeta négligemment sur le sol avant de s'agenouiller sur l'un d'eux. Sous le charme, il la regarda faire. La faible lumière de la lampe soulignait son profil charmant, ses yeux sombres, ses lèvres pleines et sensuelles. Pas une seule ligne d'inquiétude n'était visible sur sa peau laiteuse.

Comme un papillon de nuit attiré par une flamme, il s'installa à son tour. Les bonnes odeurs avaient réveillé sa faim.

— Pour votre information, sachez que je ne broie pas du noir.

— Vous plaisantez, n'est-ce pas ? Vous passez la journée à votre bureau, à lire ces papiers, à froncer les sourcils.

Il allait prendre un pain au chocolat lorsqu'elle attrapa sa main, la retourna et y déposa elle-même la viennoiserie avant d'en prendre une pour elle.

Magiquement, le contact avec sa main, pourtant bref, alluma un incendie de sensations en lui.

Il avait été élevé dans une famille qui manifestait son affection par les mots plus que par les gestes, et ses années dans l'armée ne l'avaient guère changé. Evie, au contraire, était tactile.

Ils étaient diamétralement différents, pourtant il percevait quelque chose entre eux, de l'intérêt, de la curiosité, une espèce de courant de fascination qui les poussait l'un vers l'autre.

Attention, cela ne voulait pas dire qu'il allait céder à cette attirance. Tous ceux qui l'avaient approché de trop près l'avaient payé. Très cher.

— Mangez, insista-t-elle. Sinon, je vais faire comme les amies de mon grand-père qui gloussent en répétant qu'il ne prend pas soin de lui, et vous forcer.

— Je mange, répondit-il dans une sorte de grognement.

— Bien, parce que j'ignore à quoi vous pensiez juste à l'instant, mais vous aviez l'air de ruminer.

Il attrapa une minitarte. Quand il releva les yeux, le visage d'Evie était tout proche du sien. Il ne l'avait jamais vue d'aussi près. Il n'avait pas remarqué la tache couleur or dans son œil gauche, ni le minuscule grain de beauté sous le droit. Il était si près qu'il pouvait même voir une miette de croissant collée sur sa lèvre inférieure. Sans réfléchir, il tendit la main et l'essuya de la pulpe de son pouce.

La miette s'envola mais son pouce s'attarda tout de même sur son menton. Sa peau était douce comme du velours, et chaude. Exactement comme il l'avait imaginée.

Oui, il voulait bien l'avouer, il y avait pensé. La sensation de sa peau, le goût de ses lèvres douces, son sourire envoûtant… Il avait rêvé à tout cela.

Il la regarda se mordre la lèvre à l'endroit où s'était trouvée la miette quelques secondes plus tôt. Pour chercher d'autres miettes ou bien pour soulager la sensation là où il l'avait touchée ? Dans tous les cas, elle laissa sur sa lèvre couleur cerise une trace humide et brillante qui aimanta le regard d'Armand.

Les yeux rivés sur sa bouche, il effleura à nouveau l'endroit de son pouce calleux. Aussitôt, une vague de chaleur se répandit partout en lui. Incapable de résister à la tentation, il plongea dans son regard. Jamais il n'avait vu d'yeux aussi brillants, aussi pétillants. En fait, il ne s'agissait pas d'un courant d'attraction entre eux, mais d'un feu d'artifice !

Se forçant à se reprendre, il retira sa main. Elle ouvrit aussitôt la bouche mais il la coupa dans son élan.

— Mangez, lui ordonna-t-il.

Pour toute réponse, elle dévora avec un regard de défi une fraise d'une seule bouchée. Il n'avait jamais vu personne sourire aussi largement la bouche pleine.

À la voir ainsi, heureuse, souriante, détendue, comment deviner qu'elle avait, une semaine plus tôt, perdu son emploi et fait l'objet d'une enquête pour détournement de fonds ? Ou qu'elle serait à la rue dans quelques jours ? Ses problèmes étaient réels, pourtant elle ne les montrait pas. Elle les laissait hors du bureau et continuait à avancer. Lui, au contraire, plus mûr, et prétendument plus sage, ruminait, se renfermait sur lui-même, persuadé qu'il était d'être maudit.

Stop. Il pouvait faire mieux, il pouvait être meilleur. Cela ne dépendait que de lui.

Sur cette bonne résolution, il se leva d'un bond et passa une main dans ses cheveux.

— Déjà fini ?

— Nous ne sommes pas plus près d'une solution aujourd'hui que je ne l'étais le jour de mon arrivée, alors nous ferions mieux de nous remettre au travail.

— Armand, malgré ma fantaisie apparente, sachez que je suis sérieuse quand je travaille. Quelle que soit la faille dans l'application, je la trouverai. Ensuite, vous aurez tellement confiance en moi que vous conseillerez à Jonathon de me garder.

Il la dévisagea. Son visage était pur et innocent. Ses mots, eux, ne l'étaient pas. Elle posait des limites. Elle la ressentait, elle aussi, cette force puissante qui les poussait l'un vers l'autre, mais son travail restait sa priorité.

Lorsqu'elle tendit la main pour attraper un autre croissant, il éclata de rire.

— Comment pouvez-vous en manger autant ?

— Je me nourris. Maintenant, arrêtez de me regarder manger et allez mettre votre rumination à profit. Nous avons du travail.

Il acquiesça et retourna à son bureau.

En quelques heures, sa curiosité pour la femme de l'autre côté de la pièce s'était transformée en une chaude attirance qui lui donnait le vertige, et pourtant les mots sur les pages et les chiffres dans les colonnes lui paraissaient soudain plus nets, plus clairs.

Quel que soit le problème dans l'application de Jonathon, il le découvrirait, il en avait la certitude. C'était ce qu'il faisait, c'était qui il était. Que ce soit sur un champ de bataille ou dans une salle de réunion, il protégeait les siens.

Il réprima un soupir.

Ses idées étaient un peu plus claires, mais il n'était pas plus près de la solution. Il avait bien découvert quelques éléments que les services fiscaux voudraient sans doute contrôler, mais ce n'était pas pour eux qu'il travaillait.

Il leva les yeux sur Evie en train de faire les cent pas le long du mur du fond, bondissant à la manière d'un boxeur en train de s'échauffer. Elle avait attaché ses cheveux au sommet de sa tête, enfoncé ses écouteurs dans ses oreilles et marmonnait pour elle seule.

Comme si elle avait senti son regard, elle se retourna soudain, s'arrêta et retira ses écouteurs. Elle rougissait. Même dans la semi-obscurité de leur bureau, il pouvait le voir.

— Vous m'avez parlé ?

— Vous vous y connaissez en droit fiscal ?

— À vrai dire, non. Mais j'apprends vite. Et vous ?

— Non plus. À l'université, j'ai obtenu un double diplôme en droit et économie, avec une mention en histoire de l'art, mais je n'ai jamais étudié la fiscalité.

— Voilà une combinaison éclectique.

— Pas dans une famille de marchands d'art.

— Vous êtes un de ces Debussey ? J'en sais autant sur les beaux-arts que vous sur le codage, mais j'ai déjà entendu parler des Debussey. Pourquoi ne travaillez-vous pas pour votre famille ?

C'était ce qu'il avait fait l'année précédente et il en était ressorti vidé, mort à l'intérieur. Du moins était-ce l'impression qu'il avait eue.

— C'est une longue histoire.

— J'en suis sûre.

Il se leva. Ses épaules étaient tendues et ses jambes engourdies, mais ces douleurs lui faisaient du bien. Elles lui rappelaient qu'il était bel et bien vivant.

Il rangea rapidement son bureau et attrapa sa mallette.

— Evie.

Installée sur le canapé, elle tenait son ordinateur portable en équilibre sur ses genoux, son doigt manipulant rapidement sa souris, le regard aussi perçant qu'un laser sur l'écran.

— Il est six heures passées. Il est temps de rentrer à la maison.

— Je ne peux pas.

— Pourquoi ? Qu'avez-vous trouvé ?

— Rien, ou peut-être un petit quelque chose, un petit caillou. Je ne voulais pas en parler avant d'être sûre. En tout cas, j'aimerais continuer un moment, pendant que je suis sur ma lancée. C'est autorisé ?

— C'est même encouragé, mais vous n'avez pas fait de pause depuis des heures.

— Ce n'est pas un problème.

Elle lui jeta un regard rapide avant de replonger dans son travail.

— Vous n'êtes pas obligé de rester, si vous êtes attendu quelque part.

— Je ne suis pas attendu.

— Vous êtes sûr ? Pas de femme, ou d'homme, qui vous attende à la maison ?

Elle avait dit cela comme si de rien n'était, mais il pouvait voir que son regard n'était plus fixé sur l'écran.

— Non, personne. Et vous, avez-vous besoin de prévenir quelqu'un ?

— Moi ? Non. Non !

— Zoé ne va pas s'inquiéter ?

— J'en doute. Elle va passer la soirée au téléphone avec Lance, son petit ami, qui doit emménager d'un jour à l'autre. Et malheureusement, les murs de l'appartement sont très fins.

— Vous voulez rester ici pour travailler ou pour leur laisser de l'intimité ?

— Les deux.

Que répondre à cela ? Rien. Il n'avait rien à rétorquer. Il décrocha plutôt le téléphone, appela le restaurant de l'entreprise et découvrit que le chef était français.

— Oui. Avec des poivrons rouges, des champignons et des olives.

Il raccrocha et s'éclaircit la gorge.

— Le dîner sera là dans quinze minutes. Je suis désolé, j'ai oublié de vous demander si vous aviez des allergies.

— J'aime tout sauf les champignons, les olives et des trucs rouges… Des poivrons, je crois.

Surpris, il se figea, jusqu'à ce qu'il distingue une esquisse de sourire sur son beau visage.

— Vous parlez français ?

— Pas du tout. Je suis juste douée pour repérer les logiques.

— Les logiques ?

— Toutes les logiques, partout. Dans les sons, dans les langues, dans les textures, dans les nombres, dans les codes… Mon cerveau est simplement câblé de cette façon. Et vous ?

— Vous me demandez de quelle manière est câblé mon cerveau ?

— Oui. Enfin, non. Parlez-moi juste de vous. Nous avons quinze minutes à tuer.

— Très bien. Que voulez-vous savoir ?

Les yeux d'Evie s'accrochèrent aux siens et elle hocha la tête, visiblement surprise.

— Je n'imaginais pas que vous accepteriez aussi facilement. Bon, voici une première question. Je comprends que vos compétences et vos connaissances sont vastes et variées, mais pourquoi Jonathon a-t-il fait appel à vous alors que vous ne connaissez manifestement rien aux nouvelles technologies ?

Comment lui expliquer ? Il était arrivé là par une succession de chemins tortueux, le genre d'itinéraire de vie que seuls les plus vieux amis pouvaient comprendre.

— Nous nous connaissons depuis longtemps.

— Depuis l'université.

— En effet. Comment le savez-vous ?

— Son autobiographie. Je l'ai relue hier soir, il a étudié l'économie en France.

— Vous avez lu ces bêtises ? Plus d'une fois ?

— Oui, comme vous. Vous l'avez lu dans le train, il y a quelques semaines. Je pense d'ailleurs que c'est ce qui m'a donné le courage de postuler, quand j'ai perdu mon travail.

Elle l'avait donc observé dans le train. Tout comme lui l'avait observée. À cette idée, une vague de douceur bienvenue s'insinua en lui, comme les premières gouttes de pluie après une sécheresse.

— Je plaide coupable.

Elle éclata de rire.

— D'accord, vous le connaissez depuis longtemps, mais je ne sais toujours pas pourquoi il est venu vous chercher, ni pourquoi il vous a fait confiance.

— Êtes-vous toujours aussi impertinente ?

— Et vous, êtes-vous toujours aussi fermé ?

Il inspira lentement et se força à se maîtriser. Cette femme... Elle était vraiment étonnante, surprenante, et tellement déstabilisante.

— Ma famille...

— Les Debussey de Paris.

— Eux-mêmes. Les Debussey sont dans le commerce de l'art depuis des générations, mais j'ai choisi de ne pas entrer dans l'entreprise familiale. J'ai rejoint la Légion étrangère.

— Vous... Vous étiez dans la Légion étrangère française ?

Son regard curieux s'attarda sur son costume, descendit jusqu'à ses mocassins puis remonta. Elle semblait avoir du mal à le croire.

— Volontairement ?

— Volontairement.

— Je peux me tromper, mais j'ai toujours eu l'impression qu'il s'agissait d'une unité de voyous.

— Vous n'êtes pas loin de la vérité. Tout homme peut

s'engager, qu'il soit en fuite ou non, sauf s'il a commis des crimes de sang ou liés à la drogue.

— Vous avez dit n'importe quel homme…

— Les femmes ne sont pas autorisées à intégrer la Légion.

Elle leva les yeux au ciel avant de soupirer.

— Pourquoi ne suis-je pas surprise ?

— Les hommes doivent se concentrer sur la mission à accomplir, ils ne peuvent pas se préoccuper de la sécurité des femmes…

— Épargnez-moi ce discours, s'il vous plaît, et regardez autour de vous, à l'occasion. Vous me direz ensuite combien de femmes travaillent ici et le rapport avec la sécurité. En attendant, Armand Debussey de la famille des Debussey de Paris, dites-moi, comment se fait-il que vous ayez rejoint cette bande de voyous ?

Jusqu'à cet instant, la conversation avait été légère mais le crépuscule approchait, l'heure où le ciel s'obscurcissait, où les voix se faisaient plus douces, où les mots glissaient plus facilement. Cet instant où les légionnaires devaient être encore plus vigilants.

— En vérité, ce n'est pas très intéressant.

D'un geste de la main, elle repoussa une mèche de cheveux tombée sur son visage.

— Ça m'intéresse tout de même.

La chair de poule le gagna. Lucia, son ex-femme, avait ressenti la même chose. Elle était tombée amoureuse d'un héros, pas de l'homme qu'il était réellement. Elle n'avait jamais compris qu'à la fin d'une mission, il n'ait pas envie de courir les soirées pour raconter ses aventures. Pour lui, la maison était un cocon de tranquillité et de paix, et devait le rester.

Lorsqu'elle s'en était rendu compte, Lucia s'était sentie trahie. Peut-être à juste titre, d'ailleurs, car il était très bon dans son travail. En quelques années seulement, sa société avait connu une croissance exponentielle, faisant de lui un leader dans le domaine de la sécurité privée européenne et de l'espionnage d'entreprise. Malheureusement, tout le succès du monde ne guérissait pas les états d'âme d'un homme.

— Si par « pas intéressant » vous voulez me faire comprendre que vous n'avez pas envie d'en parler, pas de problème. Mon grand-père, qui a fait la guerre en Corée, a besoin d'être au bon endroit, au bon moment, pour évoquer son engagement.

Elle se déplaça légèrement et il en profita pour observer ses yeux bruns d'une incroyable profondeur, la douce courbe de son sourire, son jean déchiré, ses cheveux en désordre, ses ongles noirs légèrement écaillés… Ce n'était pas Lucia. C'était Evie, une femme unique, gentille, travailleuse, curieuse et authentique. Sans arrière-pensées. Sans jugement.

— Les hommes rejoignent la Légion pour toutes sortes de raisons – l'envie d'aventure, la soif de sang, le désir de faire le bien dans le monde… Il y a des aventuriers, des planqués, des romantiques… Seul un sur quatre réussit à passer les sélections – l'examen médical, l'examen d'aptitude physique, le test psychologique… Ceux qui réussissent renoncent à leur nationalité et à leur nom.

Elle le fixait, les yeux écarquillés, comme si elle buvait ses paroles.

— L'entraînement dure des mois, c'est long. On apprend le maniement des armes, le travail d'équipe… Les déserteurs ne sont pas rares et ceux qui s'en sortent sont des hommes nouveaux.

— En vous regardant, ils ont dû deviner qu'ils avaient affaire à un homme spécial.

— Dans la Légion, mon nom de famille n'avait aucune importance.

— Je ne parlais pas de votre nom.

Sa gorge se serra et il se força à respirer. Le problème, c'était qu'il avait de plus en plus de mal à contrer les assauts de la curiosité d'Evie.

— Qui j'étais n'avait pas d'importance. Seuls comptaient mes actes.

Dans la Légion, il avait trouvé un véritable esprit de corps non pas basé sur l'origine mais sur la façon de se comporter. Il avait appris plus vite, travaillé plus dur que n'importe qui, et rapidement gravi les échelons. Son affinité avec les langues lui avait même permis de prendre la tête d'une équipe bien rodée.

— Ces hommes, dit-elle, ceux que vous avez fait venir pour vous aider à retrouver cette petite fille, votre équipe de chevaliers des temps modernes, vous les avez connus à la Légion, n'est-ce pas ? J'imagine qu'il n'y a pas de meilleur endroit que les tranchées pour apprendre à se faire confiance.

— Autant qu'il est possible de faire confiance à une bande de voyous.

Elle ne répondit pas et, graduellement, il sentit le calme s'installer en lui. Un sentiment d'intimité se mit à planer dans l'air.

— Et vous, n'avez-vous jamais envisagé de devenir vous-même une hors-la-loi ? Avec vos compétences, ce serait un choix lucratif.

— Non, j'ai toujours été une fille bien sous tous rapports, toujours préféré construire plutôt que détruire.

— Une idéaliste, comme Jonathon. Pas étonnant que ce travail soit le boulot de vos rêves.

Elle fronça les sourcils.

— En fait, ce n'est pas vraiment le travail de mes rêves.

— Vous avez pourtant dit le contraire à Jonathon.

— J'ai dit que c'était un boulot de rêve, pas le boulot de mes rêves.

— Quelle est la différence ?

— Quand j'étais petite, à quatre ou cinq ans, mon rêve était d'être agricultrice. Ma mère et moi avons grandi dans la ferme de mon grand-père, alors c'était un rêve qui coulait de source. À huit ans, j'ai commencé à prendre le bus pour aller à l'école et j'ai découvert qu'il y avait d'autres métiers dans le monde – chauffeur de bus, enseignant… Quand mon grand-père a eu des problèmes cardiaques, j'ai voulu devenir cardiologue. Rassurez-vous, il va bien, aujourd'hui. Il est comme un coq en pâte, bichonné par toutes les septuagénaires célibataires de sa résidence pour retraités.

— Et votre mère ?

À ces mots, une ombre voila son regard. Depuis qu'il l'avait rencontrée, quelle que soit son humeur – joyeuse, boudeuse, impertinente ou frustrée –, elle vibrait. Là, tout à coup, elle semblait vidée de toute son énergie.

— Tout le monde n'a pas un rêve dévorant qui le suit toute sa vie. Ma mère, si.

Visiblement nerveuse, elle se mit à se tordre les doigts.

— Quel était son rêve ?

Elle leva les yeux vers les siens et il vit un flash, une lueur qui revenait à la vie. Une pulsation identique se mit aussitôt à battre en lui. Comme par réflexe, il posa sa main sur son ventre dans l'espoir de la retenir.

— Ma mère était unique en son genre, un véritable esprit libre. Dès qu'elle a su tenir un crayon, elle a voulu être artiste. Elle a déménagé à Melbourne pour suivre son rêve. Malheureusement, elle n'a jamais réussi à s'imposer. Puis je suis arrivée et elle est retournée à la ferme. Elle est morte quand j'avais six ans. Soudainement. Rupture d'anévrisme.

Elle lui dit d'un sourire qu'elle allait bien, que tout cela s'était passé il y avait bien longtemps, mais il n'était pas dupe.

— Quant à mon grand-père, il est devenu éleveur de vaches laitières, mais ce n'était pas non plus son rêve. À côté de cela, il a trouvé un immense plaisir à suivre sa curiosité, il a obtenu son brevet de pilote, inventé un jeu de société, écrit un livre sur l'Australie coloniale…

Elle prit une profonde inspiration avant de reprendre.

— D'où je viens, la plupart des filles épousent des garçons du coin et ne quittent jamais leur village. De mon côté, la seule chose que j'aimais chez les garçons du coin, c'était la facilité avec laquelle je pouvais les battre aux jeux vidéo. Un jour, mon grand-père a lu que le codage était la voie de l'avenir alors il a débarrassé un coin du grenier pour y installer un bureau et un ordinateur. Il a souscrit à un abonnement à Internet, m'a inscrite à un cours de programmation en ligne, et je suis devenue accro.

— Suivre sa curiosité, répéta-t-il, rêveur.

La sensation de ces mots sur sa langue était nouvelle et fraîche. Il n'avait jamais « suivi sa curiosité », ce n'était pas la tradition de la famille. Prendre du recul, regarder à l'intérieur de soi, se connaître suffisamment pour être à l'aise avec le changement et écouter ses envies, voilà quelque chose de puissant et de potentiellement dévastateur.

— Et maintenant ? Si vous aviez la possibilité de suivre votre curiosité en ce moment, que feriez-vous ?

Des lueurs malicieuses s'allumèrent dans son regard. Des notes d'intérêt, d'envie. Un sentiment qu'il ne comprenait que trop bien car, pendant longtemps, il avait lutté pour le contenir. Ce soir, cependant, il avait arrêté de se débattre.

— Professionnellement ?

— Bien sûr.

— À part ballerine, princesse, pompier, astronaute ? En fait, j'adorerais avoir ma propre équipe. Une équipe triée sur le volet, enthousiaste, créative, capable de développer les millions d'idées d'applications que j'ai répertoriées dans mon dossier baptisé « Un jour ». Des applications de jeux, des applications pour la santé, des applications d'apprentissage… Tout comme notre estimé employeur, en fait. Vous avez déjà eu un travail comme ça, qui vous donnait l'impression de contribuer de manière réelle ?

Maintenant qu'elle lui posait la question, oui.

— Les premiers mois après l'enlèvement déjoué, quand nous avons commencé à avoir du travail sans même le chercher, je n'ai pas eu d'autre choix que de m'organiser, de créer un cadre. Le travail était dur mais très épanouissant.

Ce n'était pas seulement le travail qui le comblait, mais aussi le fait de savoir qu'il offrait à des hommes un avenir sûr. Pour la première fois de sa vie, il se couchait chaque soir avec un sentiment de satisfaction.

Pourtant, son sens du devoir avait joué contre lui. Persuadé qu'il était le plus fort de tous, il avait fait passer ses besoins en dernier. Il ne s'était pas écouté.

Pas étonnant que des fissures soient peu à peu apparues dans sa carapace. Qu'il ait commencé à se sentir perdu. Il avait enterré sa curiosité si profondément sous les couches du devoir qu'il avait oublié comment la reconnaître.

— Aucun de vos chevaliers n'était disponible pour vous aider dans cette mission ?

— C'est le travail d'un seul homme.

— Le travail d'un homme et d'une femme.

À cet instant, on frappa à la porte. Leurs regards se croisèrent. Elle lui sourit et, aussitôt, une sensation de chaleur se déploya au fond de lui, intense, puissante. Son rythme cardiaque accéléra.

Il se força à l'ignorer et alla plutôt ouvrir au serveur.

— Des pizzas et du vin ? fit-elle, étonnée.

— Forcément du vin, je suis français.

Elle leva son verre.

— Alors vive la France.

Ils mangèrent et burent dans un silence complice. La pièce était chaude, la lumière dorée. L'attirance mitonnait tranquillement entre eux.

Quand il lui offrit la dernière part, elle ne discuta pas et la prit avec un soupir de satisfaction. Ils nettoyèrent ensuite la table avant de retourner s'installer dans leurs coins respectifs, Evie travaillant avec application, lui dévorant un roman.

— Armand ?

— Oui, Evie ?

— Quand vous vous êtes engagé dans la Légion, quel genre de recrue étiez-vous ? L'aventurier ? Le romantique ?

— Je croyais que vous aviez repéré dans le code un petit quelque chose qui nécessitait votre attention ?

— C'était le cas, mais vous n'êtes vraiment pas obligé de rester. Je suis une grande fille.

— Je resterai jusqu'à ce que vous soyez prête à partir.

— Parce que nous n'avons pas été assez longtemps ensemble dans les tranchées ? Vous ne me faites pas confiance et vous craignez que je parte avec tout cet équipement dernier cri sous le bras ?

— Parce que nous faisons équipe. Nous n'abandonnons jamais personne en route.

— D'accord.

En fait, c'était à lui-même qu'il ne faisait plus confiance.

7.

Enfin ! Elle avait enfin trouvé une erreur dans le code. Pas un virus, pas une bombe à retardement, pas une preuve de sabotage non plus, juste une petite erreur, un lien hypertexte qui aurait pu être mieux écrit.

Pour être honnête, elle était déçue que ce ne soit pas plus grave. Une seule petite erreur… Elle n'était pas surprise, Jonathon était bien trop avisé pour associer son nom à une application qui ne soit pas la plus perfectionnée qui soit.

L'erreur corrigée, elle laissa sa propre trace de façon à pouvoir la montrer plus tard à Jonathon, puis s'étira. Les derniers mots d'Armand lui revinrent en mémoire.

« Nous faisons équipe. Nous n'abandonnons jamais personne en route. »

Qu'elle ait été capable de se concentrer après cette petite bombe tenait du miracle. Sa mère était morte quand elle avait six ans, elle n'avait jamais rencontré son père, son grand-père l'avait pratiquement chassée de chez eux lorsque son médecin l'avait convaincu de s'installer dans une résidence médicalisée et, aujourd'hui, c'était au tour de Zoé de la quitter. Elle ne lui en voulait pas, elle était heureuse pour son amie, mais tous ces changements ne la laissaient pas de marbre.

Armand, lui, était resté.

Inutile de se faire des illusions, il retournerait à sa vie trépidante sitôt leur mission terminée. En attendant, sa gentillesse la charmait bien plus que de raison, elle la touchait.

Réprimant un bâillement, elle jeta un coup d'œil à son

téléphone ; il était presque minuit. Aussi inconfortable que soit le futon du salon de Zoé, elle avait hâte d'aller s'y écrouler.

Elle sauvegarda son travail, mit ses propres protocoles de cryptage en place, et se dirigea d'un pas fatigué vers le bureau d'Armand.

— Fini ?

— Pour aujourd'hui, oui.

Elle jeta un coup d'œil au livre qu'il venait de refermer, la *Poésie* d'Elizabeth Barrett Browning, et grimaça.

— Vous n'êtes pas fan de Browning ?

Elle ne répondit pas, trop occupée à convoquer tant bien que mal ses souvenirs. En vain.

— Je ne suis pas sûre de la connaître.

— Si, vous la connaissez, j'en suis certain.

Il s'éclaircit la gorge.

— Écoutez, fit-il de sa voix grave et envoûtante.

Comment est-ce que je t'aime ? Laisse-moi en énumérer les manières.

Je t'aime jusqu'au plus profond, plus haut, plus étendu

Que mon âme puisse atteindre, en semblant hors de vue,

Jusqu'à la fin de l'Existence et la grâce idéale,

Je t'aime au niveau des plus simples nécessités du quotidien,

Au soleil ou à la chandelle,

Je t'aime librement, comme l'homme aspire au bien.

— Oh ! marmonna-t-elle, la gorge serrée par l'émotion. Elizabeth Barrett Browning, bien sûr ! Je la connais, elle est géniale.

Il lit de la poésie ? Et alors ? Des tas de types lisent de la poésie. Maintenant, dis-lui bonne nuit et rentre chez toi.

— Vous aimez donc la poésie.

Tu veux vraiment te faire humilier ? Tu ne peux pas laisser tomber ?

— Certains poètes, oui. Je parle plusieurs langues mais je ne les lis pas toutes. Je pensais donc profiter de mon séjour ici pour rafraîchir mon anglais en lisant tout ce qui me tombe sous la main. Journaux, littérature, et poésie.

— Sympa.

L'homme lit de la poésie dans une langue qui n'est pas la sienne et tout ce que tu trouves à dire c'est « sympa » ? Tu es vraiment pathétique !

— Vous en écrivez ?

Elle était trop curieuse pour ne pas lui poser la question.

— N'avons-nous pas déjà abordé ce sujet ?

— Pas vraiment. Alors, avez-vous déjà écrit de la poésie ?

Il repoussa sa chaise et rassembla ses affaires. À l'évidence, sa conversation ne l'intéressait pas. Ce n'était pas surprenant. Cet homme était français, c'était un lecteur assidu, ils n'avaient rien en commun.

— Prête à partir ?

— Prête.

Il lui tint la porte et, passant devant lui, elle s'enivra de son parfum élégant, ensorcelant. Puis ils traversèrent l'open space. Il était désert mais, dès l'aube, il reviendrait à la vie.

S'ils se dépêchaient, ils pourraient sans doute attraper le dernier train. Sinon, elle aurait toujours la possibilité de prendre un taxi. En attendant, pourquoi ne pas profiter de cette petite balade au clair de lune ? Leur mission terminée, le souvenir de cette promenade serait comme un trésor caché dans un coin de son esprit qu'elle pourrait sortir les jours de solitude.

— J'ai commandé une voiture, dit-il lorsqu'ils débouchèrent sur le boulevard.

Au même instant, une élégante berline aux vitres teintées s'arrêta devant eux.

— Ce n'est pas nécessaire. J'habite à deux pas de la gare.

— Prenez la voiture, insista-t-il en lui ouvrant la portière.

Hésitante, elle observa les alentours. Les lampadaires diffusaient leur lumière dorée en cercles parfaits sur le trottoir.

Une légère brise faisait bruisser les branches d'un arbre, créant une atmosphère intime, presque romantique.

Elle essaya de bouger. En vain. Ses pieds étaient cloués au sol. Sans doute devait-elle dire quelque chose, mais quoi ? Elle n'en avait pas la moindre idée. Leur relation avait évolué, ce soir. Ils n'étaient pas amis, pas encore. Ils se tournaient simplement autour, ils s'observaient avec intérêt, comme des animaux sauvages dans un zoo.

Curieuse, elle le dévisagea. Et s'il lui avait écrit le poème ? Et s'il avait attendu qu'elle le découvre par elle-même ? Si seulement elle avait pu lui poser la question… L'interroger quelques jours plus tôt aurait été embarrassant. Aujourd'hui, une réponse positive ou négative changerait leur relation du tout au tout.

Elle avait espéré que son coup de cœur pour lui disparaîtrait au fur et à mesure qu'elle apprendrait à le connaître, mais ce sentiment avait évolué. Il s'était peu à peu métamorphosé en un désir ardent qu'elle ne parvenait pas à faire taire.

S'il était l'auteur du poème, elle devrait le repousser, quels que soient ses sentiments. Pour briser la malédiction du biscuit chinois, elle n'aurait pas d'autre choix. Lui s'en remettrait, il était coriace, c'était un ancien de la Légion. Elle, par contre…

Une horloge sonna au loin. Minuit, l'heure où tout devenait possible. Comme par magie, une force inconnue prit soudain possession de son corps. Sa raison s'évanouit et, imperceptiblement, elle se rapprocha d'Armand.

Il l'avait remarqué, à coup sûr. Il remarquait toujours tout, ce qui voulait dire qu'il devait savoir qu'elle avait un petit faible pour lui, qu'il l'intriguait, qu'il réveillait son désir.

Il agrippa un peu plus fermement la portière. Oui, il savait. Il savait qu'il lui plaisait.

— Montez dans la voiture, Evie.

— Dans une minute.

Elle fit un pas de plus mais il ne bougea toujours pas. Cet homme était solide comme un roc. Vu la façon dont sa vie vacillait en ce moment, peut-être un roc était-il exactement ce dont elle avait besoin, du moins jusqu'à ce qu'elle retrouve ses marques.

Il accrocha son regard au sien, l'aimantant un peu plus, l'hypnotisant.

— Je voulais vous remercier, pour ce soir. Que vous soyez resté m'a donné l'impression de faire partie d'une équipe.

Le vent ébouriffa ses cheveux. Quand elle les repoussa, elle découvrit le regard d'Armand posé sur sa bouche.

— L'important est que le travail soit fait.

Sa voix était si profonde, si chaude, qu'un frisson la parcourut de la tête aux pieds.

— C'est exactement ce que je ressens.

Il regardait ses lèvres comme si l'espace qui les séparait le hantait. Il la contemplait comme si son existence même le troublait.

La prédiction du biscuit chinois remonta à sa mémoire comme un dernier avertissement. Danger en vue ! Elle était en train de perdre la tête, elle devait à tout prix se reprendre. Si elle était aussi méthodique qu'elle le prétendait, ne plus l'être quand il s'agissait d'Armand serait hypocrite. Sauf qu'elle n'était pas seule dans cette histoire.

Le vent se renforça et le peu de raison qui lui restait s'envola avec lui. Incapable de résister à la force puissante qui avait pris possession de son corps, elle fit un dernier pas en avant et écrasa ses lèvres contre celles d'Armand.

Était-elle trop audacieuse ? Allait-elle trop loin ? Sans doute mais elle ne recula pas pour autant. Elle ne pouvait pas. Sa bouche était collée à la sienne et son corps tout entier brûlait de la plus exquise des façons.

Embrasse-moi en retour, le supplia-t-elle en pensée. Ou repousse-moi.

Pitié, que le temps s'arrête, ou alors fasse marche arrière mais surtout, que l'incertitude prenne fin.

À cet instant, les yeux d'Armand se fermèrent et sa main

puissante se plaqua contre son dos. Il l'attira contre son corps musclé et, instantanément, une nouvelle vague de désir se répandit en elle. Partout. Les paupières lourdes, elle agrippa sa chemise tandis qu'elle écrasait un peu plus ses lèvres contre les siennes, savourant l'instant, se noyant dans le plaisir et la sensualité. Il faisait froid, pourtant elle bouillait, elle était en feu.

Il glissa son autre main dans ses cheveux, son pouce effleura sa jouc, la débarrassant de son bonnet, puis il écarta les lèvres, allumant un incendie en elle.

Les secondes s'écoulèrent, les minutes, une éternité. Puis il recula, rompit le baiser et posa son front contre le sien tandis qu'ils reprenaient leur souffle.

Elle l'avait seulement embrassé, pourtant elle avait l'impression d'avoir été renversée par un train tellement elle était émue. Elle ne sentait plus ses pieds, sa vision était parsemée d'étoiles, son sang bouillonnait dans ses veines. Elle agrippait toujours sa chemise. Impossible de la lâcher, elle avait le vertige, elle risquait de tomber.

S'impatientant, le chauffeur klaxonna et, à regret, elle revint peu à peu au présent. Puis elle croisa le regard orageux d'Armand, et retomba sur terre. Brusquement. Douloureusement.

Il souffrait. Elle le voyait dans ses prunelles tourmentées. Il la regardait comme si quelqu'un avait découvert les blessures au plus profond de son âme et les faisait saigner à nouveau.

Bon sang, qu'avait-elle fait ? Honteuse, elle se glissa en silence dans la voiture et donna l'adresse de Zoé au conducteur.

Lorsque le taxi démarra, elle enfouit son visage entre ses mains et réprima un cri silencieux.

Elle avait embrassé Armand, et il l'avait clairement regretté. Comment était-elle censée lui faire face à nouveau ? Au travail ? Dans le train ? Et comment allait-elle, elle, pouvoir se regarder en face ?

Le train s'approcha de l'arrêt habituel d'Armand et la jambe d'Evie se mit à trembler.

— Combien de cafés as-tu bus ce matin ? lui demanda Zoé.

— Deux. Je n'ai pas bien dormi.

— Des cauchemars ?

— Pas exactement.

— Je vois. Te connaissant, je n'ai aucun mal à deviner le personnage principal de ton rêve. D'ailleurs, en parlant du loup, regarde qui voilà.

Evie n'avait pas besoin de lever les yeux pour deviner.

Si elle n'établissait pas de contact visuel avec lui, peut-être irait-il s'asseoir à sa place habituelle. Peut-être pourraient-ils prétendre que les événements de la nuit précédente n'avaient jamais eu lieu. Peut-être... Non, il se dirigeait tout droit vers elle.

Discrètement, elle le regarda. Aussitôt, sa gorge se noua. Il était si sexy avec son costume sombre et sa barbe de trois jours. Les souvenirs du baiser remontèrent à sa mémoire et instantanément l'air lui manqua.

— Qu'il ait écrit le poème ou pas, dit Zoé tout bas, tu serais bête de ne pas au moins tenter ta chance. Laisse-moi jouer les intermédiaires, s'il te plaît. J'adorerais être ta bonne fée.

— Merci, mais non merci.

Le temps qu'Armand arrive jusqu'à elles, elle avait une crampe, tellement sa jambe tremblait.

Finalement, c'était pour le mieux. Mieux valait en finir une bonne fois pour toutes avec l'incertitude. Elle rassembla son courage mais elle croisa son regard et, aussitôt, fondit sur place. Toute sa détermination s'évapora.

— Bonjour, fit-il de sa voix envoûtante en la regardant droit dans les yeux.

— Bonjour, répondit Zoé.

— Bien dormi ?

— Notre Evie a fait de mauvais rêves. À moins qu'ils n'aient été au contraire trop bons, si vous voyez ce que je veux dire.

— Ne l'écoute pas, marmonna Evie, mal à l'aise. Bonjour, Armand.

Avait-elle aperçu quelques lueurs dans ses prunelles ? Elle

n'était pas sûre. De toute façon, le simple souvenir de son regard glacial de la veille au soir suffisait à anéantir tous ses espoirs.

— Je crois que c'est à toi, reprit-il en lui tendant son bonnet.

Oui, il s'agissait bien de son bonnet, celui qui était tombé lorsqu'il l'avait embrassée.

Ou plutôt quand elle l'avait embrassé. Tout cela parce qu'elle essayait de découvrir s'il était le poète ou celui dont parlait le biscuit chinois… Non, la vérité, c'était qu'elle avait simplement eu envie de l'embrasser.

— Merci.

Elle prit le bonnet et le glissa dans son sac à dos.

En se redressant, elle croisa le regard de Zoé et frémit. Sa plus vieille amie était capable de lire en elle comme dans un livre ouvert. Allait-elle découvrir son secret ?

— Alors parlez-moi de vous, Armand, reprit cette dernière. Êtes-vous marié ? Célibataire ? Avez-vous des vues sur quelqu'un ?

Evie la foudroya du regard mais Zoé l'ignora, trop occupée qu'elle était à observer Armand.

— Ignore-la, Armand. Et toi, Zoé, laisse-le tranquille. De toute façon, il trouve les Australiens coincés, en amour.

— Il a peut-être raison, dit Zoé avant de se tourner vers lui. Evie pense qu'elle n'a pas beaucoup d'options amoureuses, dans votre entreprise. Qu'en pensez-vous ?

— Zoé !

Mortifiée, Evie baissa la tête. Si seulement elle avait pu se cacher sous l'un des sièges du train, ou dans un petit trou de souris.

— Et ton ami qui travaille dans l'open space ? répondit enfin Armand. Celui qui porte toujours une casquette ?

Incrédule, elle se raidit. Était-il sérieusement en train de suggérer ce qu'elle pensait qu'il suggérait ? Et tout cela après l'avoir serrée dans ses bras la nuit précédente, après l'avoir embrassée comme si sa vie en dépendait ?

— Tu parles de Jamie ? Jamie ne m'intéresse pas. Et même s'il m'intéressait, je ne mélange jamais travail et plaisir.

— Tu n'as toujours pas changé d'avis sur cette question ?

Sa jambe se remit à trembler, encore plus vite qu'avant.

— Non, je n'ai pas changé d'avis.

— Si tu le dis…

Le train commença à ralentir et elle se leva.

Dans l'allée, elle se retrouva derrière Armand. Elle pouvait sentir son eau de Cologne. Ou peut-être était-ce son parfum naturel, un parfum musqué, enivrant… Sous le charme, elle ferma les yeux. Quand elle les rouvrit, il avait disparu.

— À ce soir, cria Zoé.

Ignorant son amie, elle se précipita vers la porte, réajusta son bonnet qui lui tombait devant les yeux, et prit le chemin du travail d'un bon pas.

— Evie !

Armand ? Elle ralentit.

Il voulait faire le trajet avec elle ? Aujourd'hui ? Juste le jour où elle se sentait perdue ? Génial !

— Evie, attends, s'il te plaît.

Elle s'arrêta mais ne se retourna pas.

— Regarde-moi, s'il te plaît.

— Je ne préfère pas.

— Pourquoi ? Tu as peur de m'embrasser à nouveau ?

Elle laissa échapper un petit rire nerveux.

— Ne t'inquiète pas, j'ai compris le message. Je ne recommencerai plus.

— Evie…

L'intensité de sa voix la fit tressaillir.

— Je suis désolée.

— Tu n'as pas à t'excuser.

Elle leva les yeux au ciel, ou du moins essaya. Avec Armand si près, si près qu'elle pouvait voir les taches de bleu marine dans ses iris, si près qu'elle pouvait deviner la forme de sa mâchoire sous sa barbe, elle avait du mal à se contrôler.

— J'ai vu l'expression sur ton visage hier soir, Armand. Tu n'as pas besoin de me jeter Jamie au visage pour me faire comprendre le message.

— Jamie me semble un type sympa.

— Tu lui as à peine dit deux mots !

Il lâcha un long soupir.

— Tu as raison. À mes yeux, la plupart des gens finissent par se confondre les uns aux autres, peu me surprennent réellement. Mais toi, tu es une exception.

À ces mots, ses joues s'empourprèrent mais elle garda le silence. Que dire, de toute façon ?

— Oublions Jamie. Un homme comme lui ne pourra jamais te combler. Tu as besoin d'un homme qui connaisse ta valeur.

Qu'était-il en train de dire ? Qu'il était cet homme ? Non, c'était impossible.

Elle plongea dans son regard mais il était encore plus noir que d'habitude. La couleur de ses yeux était si sombre qu'elle ne parvenait même plus à différencier les bleus des gris. Impossible de lire en lui. Que pensait-il ? Elle n'en avait pas la moindre idée. Et pourtant, il la tenait toujours.

Ils avaient franchi une ligne, la veille au soir. Désormais, plus aucun retour en arrière n'était possible, en tout cas pour elle, elle en avait la certitude.

— Et si mon but n'était pas d'être comblée ?

— Evie…

— Tu m'as embrassée aussi, tu sais. Bien sûr, je t'ai embrassé en premier, mais tu m'as embrassée en retour. Et c'était un bon baiser.

Il haussa un sourcil.

— D'accord, je veux bien l'admettre, c'était un super baiser.

Un baiser si extraordinaire que, quarante minutes plus tard, quand elle s'était glissée dans l'appartement de Zoé, elle était encore au septième ciel.

— Et pourtant, cela ne se reproduira plus jamais, dit-elle. Alors maintenant, que fait-on ?

— Pourquoi ne pas se contenter de ne rien faire ?

— Rien ?

— C'était la pleine lune, il était tard, le vin était bon… Et nous nous sommes embrassés. À quoi bon chercher des explications à chacun de nos gestes ?

— Quand tu étais dans la jungle avec tes hommes, qu'il était tard, que tu n'avais vu personne depuis des heures et que l'ambiance était aussi intense, cela t'arrivait-il, de chercher des explications ?

Elle se tut et attendit. Allait-il lever les yeux au ciel et s'éloigner en rouspétant en français, ou lui dire qu'elle mélangeait tout ? Non, il se contenta d'éclater de rire.

Un rire magique, magnifique, riche et sexy à souhait. Et tellement inattendu. Pour la première fois, il se laissait aller.

— Je parie que tu serais heureux de retourner dans ta grotte solitaire, et de tout oublier, mais ce n'est pas mon cas. Je n'embrasse pas les hommes au hasard et je ne fuis pas mes erreurs. Je les assume.

— Tu crois que c'était une erreur ?

— Ce n'est pas ce que tu penses ?

Elle le dévisagea et le vertige la saisit. Ces yeux… Ils l'aimantaient. Ils lui faisaient perdre la tête.

Quelqu'un la bouscula et elle revint à la réalité. Ils se trouvaient toujours au milieu du quai.

Elle recula et, aussitôt, un frisson de froid la saisit. L'ignorant, elle prit le chemin du travail. Seule.

8.

Evie garda la tête baissée pour traverser l'open space. La dernière chose dont elle avait envie était de discuter jeux vidéo avec l'un des garçons.

Oui, il s'agissait de garçons. Des garçons qui vivaient de pizzas et de hamburgers, des garçons qui s'amusaient et profitaient de la vie.

Armand, lui, était un homme, un vrai. Il avait vécu, il avait de l'expérience, et, malgré sa volonté farouche de ne pas entrer dans l'ère des nouvelles technologies, c'était l'homme le plus intelligent qu'elle ait jamais rencontré.

Et il l'attirait. Impossible de le nier. En dépit de sa résolution de ne pas mélanger travail et plaisir, son amourette ferroviaire, légère et sans conséquence, s'était transformée en un véritable coup de foudre, sérieux et compliqué. Non pas qu'ils aient une relation amoureuse, loin de là ! Ils pouvaient à peine avoir une conversation polie sans se disputer, ou sans plonger dans le regard de l'autre et s'embrasser.

Dans le couloir menant à leur bureau, elle s'arrêta net.

À la réflexion, il n'y avait qu'une solution, elle devait demander à être transférée dans une autre équipe. Hors de question de perdre ce travail. Dans son domaine, travailler pour Jonathon Montrose était le summum. Être renvoyée par Jonathon Montrose signerait à coup sûr la fin de sa carrière ; elle n'aurait d'autre choix que de rentrer à la ferme, or elle n'était plus une fille de la campagne. Elle voulait plus que tout rester à Melbourne. Elle était chez elle, ici.

Elle leva la main pour frapper à la porte du bureau de Jonathon avant de renoncer. S'il la questionnait, que répondrait-elle ? Pouvait-elle lui avouer la vérité ? Perdue, elle ferma les yeux et laissa un long soupir lui échapper.

— Evie ?

Elle sursauta. Jonathon, une tasse de café à la main, approchait.

— Monsieur Montrose. Bonjour.

— Vous vouliez me voir ? Tout va bien ?

Non. Tout ne va pas bien. Vous m'avez jetée dans les pattes d'un homme qui me rend folle. Je ne sais pas si je le désire ou si je me fais des illusions parce que je suis toujours sous le choc de ma dernière relation…

— Tout va très bien.

— Heureux de l'entendre. Pensez-vous bientôt boucler le projet ?

Elle repensa à la petite anomalie dans le code qui l'avait fait trébucher, la veille au soir, ce problème qui l'avait obligée à rester tard au bureau, avant le petit pique-nique avec Armand qui lui avait fait perdre la tête.

— Je me rapproche de la faille, je le sens.

— Vous uniquement ?

— Je veux dire nous. Nous nous rapprochons.

Ils s'étaient même tellement rapprochés que leurs lèvres s'étaient touchées.

— Nous nous rapprochons de la faille.

Son patron la dévisageait de son regard perçant. Avait-il deviné son secret ?

— C'est parfait, fit-il au bout de quelques secondes. Et qu'en est-il de l'autre point dont nous avons discuté ?

— Je peux le gérer.

Même si elle était fâchée contre Armand, ce matin, elle n'avait aucune intention de le trahir. Sans un mot de plus, elle tourna donc les talons et s'éloigna d'un pas rapide.

Après avoir pris quelques profondes inspirations, elle

s'installa à son bureau et, décidée, alluma son ordinateur. Elle aurait bientôt de bonnes nouvelles à annoncer à Jonathon, elle en était persuadée, et plus vite le projet serait bouclé, plus vite elle pourrait prendre ses distances avec Armand. Avec un peu de chance, son travail aurait suffisamment impressionné son patron pour qu'il lui offre un autre emploi. Quant à Armand, il reprendrait sa vie d'expert international en sécurité, loin d'elle.

Il arriva peu après, mais elle l'ignora et se concentra plutôt sur sa tâche. C'était plus prudent.

Quelques minutes plus tard, la voix de Jonathon résonna dans le bureau.

— Evie. Armand.

Surprise, elle retira son casque.

— Ne serait-ce pas le dieu australien des nouvelles technologies ? fit Armand en fixant le haut-parleur.

— Très drôle ! Libérez votre agenda ce soir, tous les deux. Annulez tous vos projets.

Evie jeta un coup d'œil inquiet à Armand. Hélas, il ne la regardait pas.

— Il est évident que vous continuez à vous disputer alors qu'il faut absolument que vous trouviez un moyen d'être dans la même pièce sans que ça finisse en larmes. Vous devez apprendre à vous connaître.

Oh ! mon Dieu, était-ce vraiment ce que pensait Jonathon ? Avait-il réussi à lire en elle ?

— Ne vous inquiétez pas, monsieur Montrose, nous nous entendons bien. Armand ne m'a jamais fait pleurer.

Elle se tourna vers lui. La tête baissée, il fixait son bureau.

— Et moi, t'ai-je fait pleurer ? lui demanda-t-elle.

Armand la regardait enfin. Dans ses yeux, elle lisait des notes de regret et de douceur, de chaleur et de douleur. L'émotion la fit déglutir.

— J'ai organisé une soirée de *team building*, poursuivit Jonathon, la ramenant au présent.

Pitié, qu'il ne s'agisse pas d'un jeu action ou vérité pour

adulte ou, pire, d'un jeu de confiance. La simple idée de tomber, les yeux fermés et devant des témoins, dans les bras d'Armand lui donnait la chair de poule.

— Vous pouvez tout de suite arrêter de grimacer, reprit la voix de Jonathon.

Elle regarda autour d'elle. Comment savait-il qu'ils grimaçaient ? Des caméras étaient-elles cachées dans le bureau ?

— Imogen vous a envoyé un courriel avec les détails. Je suis persuadé que, la semaine prochaine, vous me remercierez. Maintenant, remettez-vous au travail.

Elle passa une main sur son visage.

— Nous ne sommes pas vraiment obligés de participer, n'est-ce pas ?

— Personne n'est jamais obligé de faire quoi que ce soit, lui répondit Armand.

Elle déglutit tant bien que mal. Faisait-il référence à leur baiser ? Elle n'avait aucun doute sur ce qui l'avait poussée, elle, à l'embrasser. Mais lui, pourquoi l'avait-il embrassée en retour ? Elle n'était pas sûre.

Elle hocha la tête. Tout à coup, son emploi au sein de Game Plan lui paraissait plus précaire que jamais.

— Il a peut-être raison, dit-elle finalement en marmonnant. Peut-être que, si nous apprenions à nous connaître davantage, nous pourrions être plus efficaces dans le travail. Je suis partante si tu l'es aussi.

— D'accord.

Arrivant devant une porte métallique couverte de graffitis, Armand soupira.

« Escape room challenge ».

— Est-ce bien ce que je pense ? fit-il d'un ton las.

Evie lut à voix haute les règles affichées à côté de la porte : la salle était interdite aux personnes souffrant de problèmes cardiaques, aux femmes enceintes, aux enfants de moins de seize ans… Il frissonna. Peu à peu, le souvenir de leur baiser lui revenait à la mémoire. Cette jeune femme débordant d'énergie l'avait embrassé, et il l'avait embrassée à son tour. D'ailleurs, il lui suffisait de fermer les yeux pour sentir à nouveau son goût sucré sur ses lèvres et son corps souple lové contre le sien.

Il aurait dû mettre plus tôt un terme à ce baiser. Leur attirance ne mènerait nulle part, il le savait. Il avait vu trop de malheurs dans sa vie. Il vivait dans une bulle de noirceur alors qu'Evie était lumineuse, aussi bien à l'intérieur qu'à l'extérieur.

D'accord, il voulait bien l'admettre, son séjour à Melbourne lui faisait du bien. Peu à peu, les petites fissures en lui commençaient à se résorber, en grande partie grâce à elle, d'ailleurs. Malheureusement, certaines cicatrices étaient si profondes qu'elles touchaient son âme et lui interdisaient le bonheur.

Evie méritait un homme qui se rende compte de sa valeur. Le problème, c'était qu'il ne pouvait pas être cette personne. Impossible. Si quelque chose lui arrivait, il ne se le pardonnerait jamais.

— Je me demande bien à quoi pensait Jonathon ?

— Je me pose souvent la même question.

— Tu te rends compte qu'il nous a simplement fait sortir d'une petite pièce sans fenêtre pour nous mettre dans une autre petite pièce sans fenêtre ?

Avant de poursuivre, elle mit les mains sur ses hanches, soulignant un peu plus sa poitrine ronde. Parfaite.

— La seule différence, c'est que, cette fois, nous allons être enfermés.

Elle leva le regard vers lui. Puis soudain, elle cligna des yeux et éclata de rire, d'un rire chantant, aussi joyeux que le chant des oiseaux au printemps, ce qui le bouleversa. Comme par magie, le souvenir du baiser l'envahit à nouveau, l'étonnement qu'il avait ressenti lorsque ses lèvres s'étaient posées sur les siennes, fraîches et douces, puis la découverte que ce baiser n'était pas une surprise. Il était inévitable.

Après une année entière passée à faire tout ce qui était en son pouvoir pour ne rien ressentir, il n'était pas préparé à un tel tourbillon de sensations. C'était pour cette raison qu'il avait savouré l'instant au lieu de fuir.

Une lumière verte s'alluma au-dessus de la porte métallique et trois jeunes gens sortirent.

Il reconnut Jamie et, machinalement, serra les poings, exactement comme quand, légionnaire, il voyait un ennemi approcher.

— Jamie ? fit Evie, surprise.

— Salut, Evie, répondit celui-ci avant de déposer un baiser sur sa joue.

Armand aurait pu le faire tomber à terre sans la moindre difficulté. Un seul coup dans le ventre suffirait sans doute, ou bien sûr le traditionnel coup de genoux dans l'entrejambe.

— Alors raconte, dit Evie avec impatience.

— C'était génial.

— C'est ta première fois ?

— J'ai déjà participé à des escape games en ligne mais en vrai, c'est la première fois.

Armand réprima un éclat de rire.

— En ligne… Ben voyons… C'est un peu facile, non ? Et ça, ce n'est pas non plus « en vrai », vous savez.

Sitôt ces mots sortis de sa bouche, des murmures outragés s'élevèrent autour d'eux et Evie se rapprocha de lui. Pour le défendre ? À cette idée, une étrange sensation de trouble l'envahit. Il protégeait les autres, d'habitude. Il n'était pas fréquent que quelqu'un décide de le défendre, ou de le nourrir, ou de s'assurer qu'il allait bien.

— Vous penserez peut-être différemment une fois que vous serez à l'intérieur, fit Jamie en pointant un doigt accusateur vers lui.

Armand se retint pour ne pas attraper ce doigt et le tordre.

— Jamie, dit Evie d'un ton apaisant en posant une main sur son coude, Armand maîtrise mieux ce genre d'expérience que tu le crois. Il a été dans la Légion étrangère.

— Eh bien…, fit Jamie, être assis derrière un bureau toute la journée doit vous faire un drôle d'effet.

— Un combattant reste toujours un combattant, répondit-il en regardant le jeune homme droit dans les yeux.

Evie lui serra le bras et il baissa les yeux vers elle. Son visage était impassible. Au bout de quelques secondes, elle esquissa un sourire et, aussitôt, son rythme cardiaque s'emballa.

Avant qu'il ait eu le temps d'analyser ces signes, la lumière au-dessus de la porte se mit à clignoter en jaune. Encore une minute et ce serait leur tour.

— Allez, partenaire, lui lança-t-elle. Montrons-leur à tous ce que nous valons !

Dans l'obscurité, tous ses sens s'aiguisèrent, à l'exception de la vision. Ce n'était pas nouveau pour lui. Il avait l'habitude d'avancer dans le noir, quand il était militaire.

Evie avait des compétences dans d'autres domaines, mais elle n'était pas habituée à ne rien y voir et elle lui rentra dedans. Il l'attrapa par les épaules et l'aida à retrouver son équilibre. Il en profita pour s'enivrer du parfum de ses cheveux, un parfum de cerise, aussi doux et appétissant qu'elle.

« Vous devez apprendre à vous connaître », avait dit Jonathon… Ils avaient un peu dépassé ce stade. Leur attirance l'un pour l'autre était montée en flèche depuis leur rencontre et crépitait désormais dans l'air comme une multitude de petits feux d'artifice.

— Désolée, je ne m'attendais pas à ce qu'il fasse aussi sombre.

— Je crois que c'est le but.

Un écran s'alluma. Ils regardèrent un petit film présentant l'énigme qu'ils devaient résoudre. Leur escape game s'intitulait *Chaos d'entreprise*. Dans cette histoire, un voleur détournait de fortes sommes du Fonds monétaire international, laissant le monde ruiné et proche d'une troisième guerre mondiale.

Armand serra les poings. Jonathon n'aurait pas pu lui choisir un autre thème ? Il allait le tuer !

— J'espère que tu ne souffres pas de symptôme posttraumatique, murmura Evie.

Ses expériences dans la Légion ne lui avaient jamais posé problème. L'organisation était claire, il suivait un plan. C'était dans la vie civile qu'il avait du mal, qu'il était tiraillé entre le sens du devoir, l'attrait de la liberté, et la douleur de la perte.

— Non. Et toi ?

— Non plus.

La pièce n'était éclairée que par le petit panneau vert de sortie, au-dessus de la porte. Dans cette quasi-obscurité, il vit le regard d'Evie se poser sur sa bouche et s'y attarder.

Instantanément, ses sens s'éveillèrent. De petites décharges électriques lui parcouraient la peau. Tout à coup, il avait l'impression d'être un adolescent dominé par ses hormones. Sa raison le rappela à l'ordre. Bon sang, ils étaient des adultes, il ne devait pas l'oublier, et ils avaient une demi-heure pour résoudre l'énigme.

— Alors soldat, prêt ?

— Prêt.

— C'était incroyable !

Evie sautait sur place lorsqu'ils sortirent de l'escape game, douze minutes et dix-huit secondes exactement après y être entrés.

Elle venait de vivre douze minutes d'une incroyable intensité. La pièce était si petite qu'ils ne pouvaient pas bouger sans se toucher. Cette ambiance intime l'avait mise dans tous ses états, avait excité tous ses sens.

L'esprit d'Armand était comme un couteau suisse capable

de décrypter les indices les plus minces avec une rapidité effrayante.

De l'adrénaline plein les veines, elle fit un pas vers lui. Il ne bougea pas. Simplement, il mit les mains dans les poches de son pantalon, comme si de rien n'était.

— Allez, Armand, admets-le. Toi, Monsieur Grognon, tu t'es amusé. Tous les deux, on fait une super équipe.

Il ne réagit pas. Rien du tout, pas même un signe de tête.

— On a mis notre devise en pratique.

— Parce que nous avons une devise ?

— Évidemment.

Elle fit un autre pas vers lui, jusqu'à ce que le bout de ses chaussures effleure l'extrémité des siennes.

— Nous n'abandonnons jamais personne en route.

Sans réaction de sa part, elle se rapprocha de quelques millimètres supplémentaires.

— Ces dernières années, j'ai passé le plus clair de mon temps à travailler seule dans un bureau. Ce genre de moment d'équipe est rare pour moi, alors j'ai bien l'intention d'en profiter.

Il la regarda droit dans les yeux. Puis, du bout de son pied toucha le sien, délibérément.

Troublée, elle jeta un coup d'œil aux alentours. Jamie et ses copains approchaient, accompagnés du responsable de l'escape room.

— Bravo. Vous avez battu un record. Pour vous féliciter, nous vous offrons une séance de laser game.

— Merci beaucoup.

Curieuse, elle leva les yeux vers Armand. Il la regardait, avec un petit sourire en coin. Pas aussi grand que le sourire qu'il avait affiché dans l'obscurité de la salle de jeu, mais suffisant pour que son rythme cardiaque accélère.

— Est-il possible d'utiliser le bon tout de suite ? demanda-t-elle.

— Pas de problème.

— Armand, Jamie, les gars, qu'en dites-vous ?

— Je suis partant, répondit Jamie en sautillant sur place.

— Armand ? Souviens-toi de notre devise.

Allait-il se trouver une excuse ? Sans doute. Son instinct le poussait à coup sûr à s'éloigner du groupe. Pourtant, elle voyait la façon dont tout le monde le respectait. Il devait apprécier cette position de leadership. À moins que… Avait-il perdu des hommes pendant qu'il était dans la Légion ? Cela aurait expliqué qu'il ait plus de mal aujourd'hui à se faire des amis.

Avant qu'il puisse refuser, elle attrapa sa main et noua ses doigts aux siens. Il n'était plus seul, aujourd'hui, il devait le comprendre.

— D'accord, répondit-il finalement.

— Super.

9.

Quand ils quittèrent la salle de jeux, une légère bruine tombait. Une fois de plus, Armand appela un taxi et insista pour qu'Evie le prenne pour rentrer chez elle. Puisque leur devise les appelait à ne jamais abandonner personne, elle insista pour qu'ils le partagent.

Dans la voiture, elle se mordit la lèvre pour tenter de reprendre ses esprits. En vain. Elle était toujours excitée, l'adrénaline continuait à rugir en elle. Après une soirée passée à frôler Armand, à échanger des regards furtifs avec lui, elle n'était plus qu'une boule d'émotions.

La voiture s'arrêta enfin devant l'appartement de Zoé et Evie se tourna vers Armand.

— Merci de m'avoir raccompagnée, et d'être resté. J'ai passé une bonne soirée.

— Merci de m'avoir poussé à rester.

Hésitante, elle le dévisagea. Devait-elle dire autre chose ? Et si oui, quoi ?

— Bonne nuit, dit-elle pour finir. À demain.

— Bonne nuit.

Sur le pas de la porte de l'immeuble, elle lui adressa un dernier signe de la main avant de regarder la voiture s'éloigner en direction de l'endroit inconnu où il passait ses nuits.

Enfant, il avait grandi au milieu d'œuvres d'art. Adulte, il avait passé plusieurs années à vivre de façon rudimentaire dans les endroits les plus dangereux du monde. Dans quel environnement vivait-il aujourd'hui ? Elle n'en avait pas la moindre idée. Tout ce qu'elle savait, c'était qu'il habitait quelque part dans le quartier de South Yarra.

Elle essuya les quelques gouttes de pluie tombées sur sa veste et commença l'ascension vers le troisième étage. Elle déverrouilla la porte, fit un pas et s'arrêta net, sous le choc. Zoé et Lance étaient en pleine étreinte.

— Mon Dieu. Je suis désolée !

Sans attendre, elle ressortit. Sur le palier, elle s'adossa au mur et ferma les yeux dans l'espoir d'oublier le spectacle aperçu.

— Evie ! cria Zoé à travers la porte. Je suis désolée, je ne savais pas que Lance allait revenir ce soir, il m'a fait la surprise. J'aurais dû t'avertir, ou mettre un mot sur la porte, mais j'étais tellement heureuse que j'ai oublié.

— Ce n'est pas grave. Je vais vous laisser tranquille.

— Ne sois pas stupide. Reviens.

— Non, je ne préfère pas.

— Où vas-tu passer la nuit, alors ?

Zoé exceptée, elle connaissait peu de monde à Melbourne. Ses anciens collègues s'étaient tous détournés d'elle après le scandale. Mais ce n'était pas un problème, elle n'avait pas besoin de beaucoup d'amis pour être heureuse.

— Ne t'inquiète pas pour moi. Je vais prendre une chambre d'hôtel.

— Tu es sûre ? demanda Zoé en entrouvrant la porte.

— Sûre. De toute façon, ça devait arriver un jour.

Les yeux humides, Zoé renifla.

— J'imaginais que tu vivrais toujours ici, avec moi, un peu comme une vieille tante célibataire.

Evie éclata de rire avant de réprimer, à son tour, des sanglots.

— Sache que j'ai adoré chaque seconde passée dans cet appartement.

— Moi aussi.

Elle embrassa sa meilleure amie.

— Je t'appelle demain, lui lança-t-elle avant de redescendre.

Les pensées se bousculaient en elle. Elle jeta un coup d'œil à sa montre, il était près de 22 heures.

Sans réfléchir, elle prit la direction de la gare.

Sur le quai désert, elle essuya la larme qui coula sur sa joue puis enfouit les mains dans les poches de sa veste dans l'espoir de se réchauffer. Il faisait froid, il pleuvait des cordes. Que diable faisait-elle ? Et où pouvait-elle aller ?

Contrairement à ce qu'elle avait fait croire à Zoé, elle n'avait pas les moyens de se payer une chambre d'hôtel. Elle n'avait qu'un contrat temporaire et devait, en plus, payer la résidence de son grand-père. Elle n'avait pas d'argent ce soir et elle n'en aurait pas plus le lendemain soir, ni le soir suivant.

Elle n'avait pas le choix, elle allait devoir puiser dans son compte d'épargne, celui qu'elle conservait pour faire face à un éventuel coup dur. En digne fille de sa mère, elle se préparait en effet à affronter toutes les éventualités. Voilà pourquoi la prédiction du biscuit chinois l'avait tant bouleversée. Depuis son arrivée à Melbourne, elle craignait chaque jour que sa chance ne finisse par tourner.

Jusqu'à présent, elle avait fait de son mieux pour éviter toute catastrophe, choisissant un emploi sans risque, dormant sur le futon de Zoé, sortant avec des hommes qui ne lui faisaient pas perdre la tête… Sa mère, elle, n'avait pas suivi la route de la prudence. Elle avait quitté la maison à dix-sept ans, s'était accrochée aussi longtemps que possible à son rêve de devenir artiste, dessinant des portraits sur les marchés, faisant la manche, dormant parfois dans des parcs… Jusqu'à ce qu'elle devienne enceinte. Son talent ne lui avait alors été d'aucun secours. En fait, elle était tellement pressée de vivre qu'elle avait trébuché.

Evie baissa les yeux vers les voies et soupira.

Choisir la prudence plutôt que le risque ne l'avait pas protégée des problèmes. La réalité l'avait, malgré tout, frappée de plein fouet.

Après réflexion, peut-être ces obstacles étaient-ils exactement ce dont elle avait besoin. Elle n'aurait jamais songé à postuler chez Game Plan si elle n'avait pas perdu son emploi précédent et elle aurait probablement toujours vécu sur le futon inconfortable de Zoé si les circonstances ne l'avaient pas forcée à bouger.

En fait, la prédiction du biscuit chinois n'était pas une malédiction, mais une bénédiction. À elle maintenant de faire un choix, continuer sur la voie de la prudence ou bien se lancer dans l'aventure.

Des lumières brillèrent au loin, le crissement des roues sur les rails s'intensifia et elle regarda le train approcher.

Une fois installée dans le wagon, elle sortit son téléphone. Le fixa pendant de longues secondes, hésita puis, après une profonde inspiration, composa un numéro.

Trois sonneries plus tard, un délicieux accent français résonna dans son oreille.

— Evie ? Que se passe-t-il ?

— Je suis désolée d'appeler si tard mais… Lance est de retour. Je les ai surpris ensemble, avec Zoé… en train de…

Elle secoua la tête pour chasser les images dérangeantes de son esprit.

— Bref, j'ai préféré les laisser seuls. Je suis dans le train qui m'emmène en ville et…

Et quoi, exactement ? Sa raison lui avait dit d'appeler Armand, mais dans quelle intention ?

Pour l'aventure ! lui répondit son cœur. Le problème, c'était qu'elle ne connaissait pas Armand. Oui, il s'était amusé ce soir, mais restait un loup solitaire, ressassant sans cesse son passé et ses blessures.

Après réflexion, elle se dit qu'elle n'aurait pas dû lui téléphoner.

— Ne bouge pas. Je fais demi-tour.

— Je suis déjà dans le train.

— Tu es allée à pied jusqu'à la gare ? Il pleut des cordes !

— Et moi qui me demandais pourquoi j'étais trempée.

— Tu peux dormir chez moi, dans la chambre d'amis.

— Merci. Ce ne sera que pour une nuit, je te le promets.

— Descends à l'arrêt South Yarra.

— Inutile de me le rappeler, je connais ton arrêt.

Peut-être était-ce le calme qui régnait dans le wagon mais, tout à coup, elle se sentait d'humeur à faire des confidences.

— Je le sais depuis le jour où tu as commencé à prendre mon train. Je me souviens même de ce que tu portais ce jour-là.

Il ne répondit pas et le silence devint peu à peu plus lourd. Allait-il changer de sujet ? Sans doute.

— Je suppose que c'était un costume.

— Un costume gris. Tu portais également une chemise avec des carreaux très discrets. Une cravate verte à pois blancs et…

— Et une pochette.

— En effet. C'était la première fois que je voyais, en vrai, un homme avec une pochette. Tu étais fringant.

— Fringant ?

— Fringant et mystérieux.

Un rire doux et rugueux à la fois s'échappa du téléphone, envoyant des ondes de chaleur partout en elle.

— Armand ?

— Oui.

— Merci pour tout. Je te promets d'être discrète. Tu ne sauras même pas que je suis là.

Cette fois non plus, il ne répondit pas. Doutait-il de sa sincérité ?

— À tout de suite, dit-il avant de raccrocher.

Tendue, elle laissa échapper un long soupir et tourna le regard vers la fenêtre. Il faisait nuit noire, elle ne voyait que son reflet, ses yeux marron, ses cheveux noirs, son bonnet vert.

Un instant, elle crut voir sa mère dans son visage.

Elle avait découvert la prédiction dans le biscuit chinois alors qu'elle fêtait son vingt-sixième anniversaire, l'âge qu'avait sa mère à sa mort. Peut-être était-ce un signe du destin lui ordonnant de faire un choix, vivre à fond ou rentrer à la ferme.

Armand était immobile dans l'entrée de son appartement, ses clés toujours à la main.

Il regarda Evie faire le tour de la pièce, passer les doigts sur le dossier du canapé en cuir puis s'extasier devant la cuisine dernier cri.

— C'est Jonathon qui t'a installé ici ?

— Pas exactement.

Il avait refusé tout salaire de la part de Jonathon, y compris en nature, et préféré investir dans un bien immobilier au nom de sa société.

Travailler gratuitement n'était pas quelque chose dont il avait l'habitude, il connaissait sa valeur, mais il avait besoin de se sentir libre. Il avait besoin de savoir qu'à tout moment, il pouvait s'en aller.

— C'est magnifique, très différent de ce que j'imaginais.

— Et qu'imaginais-tu ?

— Quatre murs nus, un lit de camp et une réserve de boîtes de conserve. Ou bien un appartement avec moulures, dorures, et œuvres d'art.

Elle lui sourit, le genre de sourire à le laisser sans voix, et il remarqua qu'elle frissonnait. Elle avait l'air frigorifiée.

Sans réfléchir, il alla vers elle et lui frotta le dos.

— Tu es trempée jusqu'aux os.

— Cela arrive quand il pleut.

— Où sont tes bagages ? Tu les as laissés dans la voiture ?

— Je suis partie un peu précipitamment, je n'ai que mon sac à dos.

Sans attendre, il l'entraîna vers la chambre d'amis.

— Voilà ton lit, et ta salle de bains.

— Waouh ! Elle est plus grande que l'appartement tout entier de Zoé.

Il la débarrassa de son sac à dos et le jeta au sol, avant de reculer brusquement, mal à l'aise. Il n'allait tout de même pas la déshabiller.

Elle se retourna pour lui faire face. Ses cheveux humides

dégoulinaient, son maquillage avait coulé, ses lèvres étaient gonflées mais elle était plus belle que jamais.

Il plongea dans ses prunelles couleur chocolat. Ce soir, il apercevait une nouvelle lumière dans ses yeux, une lueur d'envie d'une intensité qui lui coupa le souffle et le bouleversa.

Jusqu'à présent, il avait cru maîtriser son attirance pour elle, pensé qu'il contrôlait leur relation mais, en fait, c'était elle qui donnait le rythme. C'était elle qui lui laissait la possibilité de vouloir, d'imaginer, de réfléchir à ses propres limites.

Et elle venait de retirer son pied du frein.

Il aurait pu lui payer une chambre d'hôtel, ou la conduire au bureau pour qu'elle y passe la nuit. Cette pratique ne dérangeait pas Jonathon, les locaux comprenaient même un dortoir. Mais il avait besoin de la savoir près de lui. Depuis qu'il avait bêtement baissé la garde, il se souciait d'elle. Beaucoup.

Rassemblant le peu de maîtrise de lui-même qui lui restait, il se força à reculer. Hors de question de céder à la tentation.

— Je vais te chercher quelques vêtements.

Puis il referma la porte derrière lui.

Le regard d'Evie resta fixé sur l'endroit qu'avait occupé Armand.

Pensait-il vraiment qu'elle allait lui sauter dessus ? Pour l'amour de Dieu, il avait fait partie de la Légion étrangère, il était bien plus fort qu'elle ! Il pouvait faire ce qu'il voulait d'elle.

À cette idée, un frisson la parcourut mais il ne s'agissait plus d'un frisson de froid.

Après une longue douche chaude, elle s'enveloppa dans un peignoir moelleux et enroula une serviette autour de ses cheveux humides. Puis, lentement, elle entrouvrit la porte de la salle de bains. Elle était toujours seule. Tant mieux.

Réprimant un sourire, elle sauta sur le lit. Elle n'avait jamais vu de lit aussi grand. Et les draps… C'étaient les plus doux qu'elle ait jamais touchés. Après des mois à dormir sur un futon défoncé, l'émotion la gagna et les larmes lui montèrent aux yeux.

Elle se prélassa quelques minutes sur ce lit de rêve avant de revenir à la réalité, d'attraper son téléphone et d'envoyer un message rapide à Zoé pour lui faire savoir qu'elle avait un toit au-dessus de la tête. Elle appela ensuite son grand-père.

— Salut, grand-père.

— Ma petite Evie… Quel plaisir de t'entendre. Tout va bien, mon amour ?

— Je suis désolée de ne pas avoir appelé cette semaine. J'ai été un peu plus occupée de d'habitude.

— C'est bien d'être occupé. Cela veut dire que tu profites de la vie. C'est tout ce que j'ai besoin de savoir.

Honteuse, elle ferma les yeux. Elle n'avait pas été totalement honnête avec lui.

— Si tu as besoin de quoi que ce soit, appelle-moi sur mon portable, lui dit-elle après lui avoir demandé des nouvelles de ses amis.

— Un problème avec ta ligne fixe ?

— On peut dire ça, oui.

Elle aurait pu simplement lui avouer qu'elle logeait chez un ami, mais le mot n'était pas approprié. Comment appeler un collègue qui vous offrait sa chambre d'amis sans la moindre hésitation ? Finalement, peut-être qu'aucun mot n'existait. Peut-être les faits étaient-ils plus importants que les mots.

— Y a-t-il quelque chose d'autre dont tu voulais me parler ? reprit son grand-père d'une voix plus douce.

— Je… Je pensais à maman ce soir. Elle me manque.

— Il n'y a rien de mal à penser à elle. C'est normal, c'est la vie.

— Et le fait de passer un temps fou à m'assurer que je ne fais pas les mêmes erreurs qu'elle ? Est-ce normal aussi ?

— Quelles seraient ces erreurs ?

— Tomber amoureuse d'un homme qui ne le mérite pas. Être enceinte. Rentrer à la maison.

— Oh ! ma chérie… Ta mère n'aurait jamais qualifié ces événements d'erreurs. Elle n'a jamais rien fait qu'elle ne souhaitait pas faire, même lorsqu'elle est rentrée à la ferme…

— Je ne voulais pas…

— Je sais, ma chérie. Les années où je vous avais toutes les deux à la maison avec moi ont été les meilleures de toute ma vie, et de la sienne. Si tu avais eu l'occasion de lui demander, elle te l'aurait confirmé.

Elle essuya une larme.

— Pourquoi crois-tu que j'insiste autant pour que tu vendes la ferme ? reprit-il. Bien avant toi, j'ai compris à quel point tu avais envie de partir malgré ta peur de m'abandonner. Si cela peut te rassurer, sache que je suis heureux ici, et ce qui me rend encore plus heureux, c'est de savoir que toi, tu es heureuse.

Elle ferma les yeux. Son grand-père avait tout compris. Jusqu'à présent, elle n'avait pas construit sa vie, elle s'était contentée de suivre le mouvement, puis de fuir. Eh bien, plus maintenant.

— Merci, grand-père.

— Je ferais tout pour ma petite-fille.

— Alors retourne jouer aux cartes avec tes amis.

Elle raccrocha et, songeuse, plongea dans ses pensées. Ce soir, elle se sentait à la fois lourde et légère, jeune et vieille. Elle avait l'impression d'être à un point de bascule dans sa vie. Peut-être était-ce le luxe de cette chambre qui jouait des tours à son esprit.

Entendant frapper à la porte, elle descendit du lit, resserra le peignoir autour d'elle et libéra ses cheveux.

— Tu peux entrer.

Timidement, Armand poussa la porte. Il tenait à la main ce qui ressemblait à un pyjama en flanelle.

Il esquissa un sourire et, instantanément, elle sentit les parcelles de son corps qui n'avaient pas encore dégelé se réchauffer. Des feux d'artifice se mirent à crépiter partout en elle.

— Je t'ai entendue parler. Tu étais au téléphone avec Zoé ?

— Non, avec mon grand-père. Je l'appelle plusieurs fois par semaine, non pas qu'il en ait besoin ; cet homme est plus sociable qu'un adolescent.

— Je suis sûr qu'il a besoin de toi, répondit Armand de sa voix profonde et délicieuse. Tu lui as dit que tu étais ici ?

À l'idée de son mensonge, le cœur d'Evie se serra dans sa poitrine.

— Non. Je ne lui ai même pas avoué que j'avais changé de travail. Il est fort, mais il n'est pas tout jeune. S'il savait que je suis en pleine transition, il s'inquiéterait.

— Tu ne crois pas qu'il a suffisamment confiance en toi pour savoir que tu vas t'en sortir ?

Elle hocha la tête.

— Sans doute. En fait, celle qui ne croit pas en moi, c'est moi.

— Pourquoi ne pas avoir confiance ? Tu es forte, non ? Tu es déterminée. Quand Jonathon a hésité à t'embaucher, tu as refusé d'entendre son refus. Tu es têtue et sûre de ton talent. Tu es également loyale. Regarde comme tu te soucies de Zoé et de son homme. Tu es prête à affronter une pluie battante pour les laisser seuls. Tu es ouverte, tolérante, jolie, gentille…

Émue par tant de compliments, elle déglutit tant bien que mal.

— Tu me trouves jolie ?

Elle vit son regard devenir un peu plus sombre et, comme par magie, son pouls s'emballa. Sa température grimpa en flèche et sa gorge se serra.

— C'est ce que tu as choisi de retenir de tout ce que j'ai dit ?

— Non. Peut-être que le problème n'est pas tant le fait de ne pas croire en moi, car en réalité j'ai confiance en moi. Le fait est que, pendant des années, je me suis comportée comme si ce n'était pas le cas. J'ai toujours été prudente, dans le travail ou avec les gens que je rencontrais. Je n'ai jamais pris de risques.

Il la regarda attentivement. Il était désormais si près qu'elle pouvait distinguer les nuances de bleu et de gris dans ses yeux brillants.

— Sauf, bien sûr, quand je suis avec toi. Avec toi, je suis plus audacieuse. Je ne sais pas pourquoi.

Il ne répondait toujours pas. Combien de temps allait-il demeurer ainsi, magnifique mais impénétrable.

— Pourquoi ? lui demanda-t-il finalement.

— Parce que tu me pousses à bout.

— Toi aussi, tu me pousses à bout. Tu sais que tu peux me pousser à bout sans risquer de me briser.

— Tout le monde peut craquer.

— Cela a failli m'arriver, répondit-il d'une voix à peine plus forte qu'un murmure. Tant de fois. Je suis devenu si fragile que j'ai cru qu'avec un coup de plus je m'effondrerais. Or je ne pouvais pas me le permettre. Trop de gens avaient besoin de moi. Alors j'ai fait l'autruche, je me suis voilé la face, je me suis caché, jusqu'à ce que je monte dans un train un matin, en direction d'une ville étrangère, et que je croise le regard d'une jeune femme lumineuse.

L'émotion était si forte qu'elle avait du mal à respirer. L'air lui manquait, tout à coup.

— S'il te plaît, ne dis pas ces mots-là juste pour que je me sente mieux…

— Ton bonnet était rose, fit-il avant de faire un pas de plus et de passer un doigt sur sa chevelure humide.

Troublée, elle arrêta de respirer. Elle avait en effet un bonnet de cette couleur.

— Le bonnet était surmonté de…

— … d'une boule de plumes, fit-elle pour lui, son corps tout entier palpitant.

— Tu as éclaté de rire et ce son a continué à résonner en moi tout au long de mon premier jour de travail. Je m'y suis accroché. Tu étais un signe qui me montrait la sortie du tunnel, qui me disait que je pouvais soit continuer à m'enfermer dans la noirceur, soit suivre la lumière.

— Armand… Je n'ai jamais rencontré quelqu'un comme toi avant.

— Moi non plus je n'ai jamais rencontré quelqu'un comme toi, répondit-il.

Puis doucement, avec une lenteur presque douloureuse, il approcha ses lèvres des siennes, s'arrêtant à un millimètre de la terre promise. Il riva alors son regard au sien et elle plongea dans ses prunelles couleur horizon.

— En as-tu envie, ma chérie ?

Elle savait ce qu'il demandait. Elle lui avait affirmé haut et fort qu'elle ne mélangeait jamais travail et plaisir, mais elle avait depuis longtemps renoncé à ce principe.

Pour toute réponse, elle se mit sur la pointe des pieds et, oubliant toute retenue, combla l'écart entre eux. Sa bouche effleura la sienne, une fois, deux fois, dix fois comme un papillon qui déploie ses ailes pour la première fois.

Puis Armand prit le relais. Avec une douceur infinie, il prit possession de sa bouche. Il la goûta, la savoura, doucement, lentement, tendrement, jusqu'à ce que son corps tout entier en demande plus.

Sans rompre le baiser, il traça ensuite la ligne de sa gorge de sa main experte. Troublée, elle rejeta la tête en arrière et laissa sa bouche aller et venir sur sa gorge. Elle avait de plus en plus de mal à respirer. Tous ses sens étaient en éveil. Elle bouillait. Elle n'était plus qu'une boule d'émotions.

Les yeux brillants d'anticipation, elle recula jusqu'au lit.

Et tomba. Tomba à la renverse. Tomba amoureuse.

10.

Evie se réveilla le lendemain matin le corps tout courbaturé. Pourtant, elle ne sentait aucune des bosses du futon auquel elle était habituée.

Elle tourna la tête. Sur l'autre oreiller, aucune empreinte. Rien. Pas de trace, pas d'Armand. Il ne devait pourtant pas être bien loin, elle sentait une bonne odeur de café fraîchement passé.

Elle attrapa l'oreiller, le serra contre sa poitrine et ferma les yeux tandis que les souvenirs de la nuit revenaient à sa mémoire, la sensation de sa peau brûlante sous ses mains, la chaleur de sa bouche experte, la tendresse de ses bras…

Un sourire rêveur toujours accroché aux lèvres, elle sortit du lit et fila sous la douche. Zut. Elle n'avait pas de vêtements propres. Elle allait devoir remettre ceux de la veille.

Peut-être pouvait-elle envoyer un message à Zoé et la retrouver dans le train. Elle attrapa son téléphone. Trop tard. Son amie lui avait déjà envoyé un message :

> Désolée pour la nuit dernière, mais merci. Je reste à la maison aujourd'hui.

Tant pis. Elle retourna son T-shirt. Avec un peu de chance, personne ne le remarquerait dans l'open space.

Une fois habillée, elle sortit de la chambre.

Appuyé contre l'îlot central, Armand mangeait un croissant en lisant le journal. Il ne portait qu'un pantalon de costume et un T-shirt. Sa chemise et sa veste étaient pendues au dossier d'une chaise.

Sous le charme, elle tenta de déglutir. En vain. Sa gorge était trop serrée, son cœur faisait des bonds dans sa poitrine. Qu'avait-elle fait pour mériter un tel homme ? Non pas qu'il soit à elle, elle ne se faisait pas d'illusion. Ils avaient simplement passé une nuit ensemble, mais la nuit la plus merveilleuse, la plus incroyable de toute sa vie. Malheureusement, leur aventure était condamnée d'avance, il rentrerait en France sitôt son travail achevé.

Leur relation se terminerait à coup sûr, tout comme son dernier contrat. Être forte pour pouvoir regarder Armand partir, c'était la dernière étape de sa transformation. Ensuite, elle pourrait enfin vivre sa vie, pour de vrai.

L'apercevant, Armand leva les yeux vers elle, les yeux brillants, et esquissa un sourire.

— Bonjour, Evie.

Incapable de s'en empêcher, elle lui sourit en retour.

— Salut.

Elle attrapa un croissant et croqua dedans avec gourmandise tandis qu'il déposait un baiser sur sa joue.

— Du café ?

— Je vais me servir, ne t'embête pas.

— Si tu insistes.

À voir son trouble, elle devinait qu'il avait du mal à abandonner le contrôle. Mais, après quelques secondes, il se détendit.

Elle prépara alors deux cafés.

— Merci, fit-il avec le plus beau des sourires, quand elle lui en tendit un.

Puis il jeta un coup d'œil par-dessus son épaule et laissa échapper un juron.

— Zut, on va être en retard.

Elle descendit son expresso d'un trait et se mit à courir à la recherche de sa veste, de son bonnet, de ses chaussures.

— Armand, as-tu vu mes… ? Oh.

Elles étaient là, posées près de la cheminée. Elle soupira de plaisir en glissant ses pieds frileux dans ses chaussures bien chaudes.

— Oh ! que je t'aime pour ça !

Sitôt ces mots prononcés, elle les regretta.

— Excuse-moi, je ne voulais pas…

— Je sais.

— Les mots sont sortis tout seuls. Je te connais à peine. Si ça se trouve, tu as une femme et des enfants qui t'attendent à Paris.

Pitié, qu'il ne soit pas marié !

— D'habitude, une femme sait ces choses-là avant de coucher avec un inconnu. Enfin, tu n'es pas vraiment un inconnu.

Si elle avait pu choisir n'importe quel homme dans le monde entier pour passer une nuit, c'était lui qu'elle aurait choisi. Évidemment, elle ne lui avouerait pas, jamais. Elle avait peut-être l'habitude de faire de mauvais choix, mais elle n'avait pas complètement perdu la tête.

— Je suis célibataire. Enfin, divorcé. Sans enfant.

— Divorcé ? Que s'est-il passé ?

Il haussa les épaules.

— Je l'ai déçue. Il se trouve que je suis très doué pour décevoir ceux qui m'aiment.

— Je ne te crois pas.

— C'est pourtant la vérité. Lucia était la tante de la petite fille que j'ai sauvée. Pour elle, j'étais un héros romantique et elle est tombée amoureuse de cette image. De mon côté, après cinq ans dans la Légion, j'ai succombé au mirage d'avoir quelqu'un qui m'attende à la maison. Malheureusement, elle ne m'a pas pardonné de refuser de jouer les héros. Pas plus que ma famille ne m'a pardonné de ne pas endosser le rôle du gentil fils en devenant marchand d'art. Pour eux, ma carrière était un hobby, un jeu.

— Tu es tout sauf un joueur. Comment est-il possible qu'ils ne l'aient pas compris ?

Il la scruta droit dans les yeux, de son regard chaud et perçant, comme s'il essayait de plonger dans son âme. Elle le dévisagea et quelque chose dans ses yeux lui donna soudain le courage de lui poser la question qui lui brûlait les lèvres.

— Où est-elle, aujourd'hui ? Où est Lucia ?

— Elle a été tuée, il y a un peu plus d'un an.

Sous le choc, elle porta la main à sa bouche.

— Oh ! mon Dieu. Armand, je suis vraiment désolée.

— Nous étions séparés depuis des années. Un jour, elle a fait ses valises et elle est partie. Il ne m'est même pas venu à l'esprit de la retenir. L'année dernière, nous avons repris contact lors d'un événement caritatif. Une semaine plus tard, elle a été poignardée alors qu'elle essayait de récupérer son sac à main qu'un homme venait de lui voler. Elle s'est vidée de son sang avant l'arrivée de l'ambulance.

Oh ! Armand… Pas étonnant qu'il ait eu l'air si meurtri quand elle l'avait embrassé. Il avait dû se sentir coupable.

— Penses-tu que vous auriez pu redevenir proches l'un de l'autre, si elle n'était pas morte ?

— Non, notre histoire n'était que le résultat d'un rare moment de faiblesse.

La nervosité la gagna. Leur relation était-elle elle aussi le résultat d'un moment de faiblesse ? Stop. Hors de question de s'aventurer sur ce terrain.

— C'est comme ça que Jonathon a réussi à te faire venir jusqu'ici ? Il a profité d'un « moment de faiblesse » ?

— Quelque chose comme ça, oui.

— Eh bien, j'en suis ravie. Je suis heureuse que Jonathon t'ait appelé à Melbourne. Je ne suis pas contente du reste, bien que, sans cela, tu ne serais pas ici. Un battement d'ailes de papillon suffit parfois pour… Mieux vaut que je me taise. Avant, je vais juste ajouter que je suis vraiment désolée, pour tout. Et, si tu te poses la question, sache que je suis aussi célibataire et que je ne suis pas venue ici hier soir pour…

— Et je n'ai pas offert ma chambre pour…

Elle repensa à leurs corps emmêlés, moites, essoufflés, et le rouge lui monta aux joues.

— Si tu veux, dit-elle, nous pouvons nous serrer la main avant de partir chacun de notre côté, et faire comme si rien ne s'était passé.

— Il s'est pourtant passé quelque chose.

— C'est vrai.

— Tu as dit que je n'étais pas un joueur. C'est vrai. Je ne sais pas faire semblant, alors inutile d'essayer. Maintenant, prends tes affaires, ma chérie, il est temps de partir.

Elle balaya la pièce du regard pour graver les lieux dans sa mémoire, au cas où elle ne reviendrait jamais. Mais ce ne serait pas l'appartement qui lui manquerait, elle le savait.

Armand enfila sa veste et la rejoignit sur le seuil. Avant d'ouvrir la porte, il l'attira dans ses bras. Plaquant sa bouche contre la sienne, il l'embrassa avec force jusqu'à ce qu'elle s'ouvre à lui et le laisse l'entraîner dans une vague de sensualité.

Quand il rompit le baiser, ses jambes étaient tellement molles qu'elle s'agrippa au revers de sa veste pour ne pas tomber.

— Dors ici ce soir.

Ce n'était pas une question.

— C'est gentil mais je vais essayer de m'arranger avec Zoé en attendant de trouver un nouvel appartement.

Pour toute réponse, il se contenta de la dévisager.

— Pourquoi me regardes-tu ainsi ?

— Depuis combien de temps Lance était-il parti ?

— Longtemps, mais peu importe. Je vais trouver un hôtel bon marché en banlieue.

— Pourquoi ?

— Je ne peux pas rester ici, Armand. J'ai vu des offres de colocation, sur le tableau d'affichage à l'entrée des locaux de Game Plan. D'ailleurs, l'une d'elles a sans doute été rédigée par Jamie, alors je…

— Tu ne vas tout de même pas vivre avec ce goujat !

— Je pensais que vous étiez devenus amis.

— Non. La décision est prise, tu restes ici.

— Si tu insistes…

Comment refuser quand il lui souriait ainsi ? C'était impossible. Il l'ensorcelait, il l'envoûtait.

— Pas de voiture de luxe avec chauffeur aujourd'hui ?

— Non, nous prenons le train. J'aime le train.

— Vraiment ? Ce n'est pas une punition ?

— Vraiment.

Juste quand elle pensait commencer à le percer à jour… De son côté, prendre le train ne la dérangeait pas.

— Le train est plus rapide. Et puis, dans la voiture, le silence peut parfois être un peu étouffant.

— Tu n'aimes pas être seul avec tes pensées ?

Il la regarda avec cette expression de surprise qui commençait à lui devenir familière.

— Non. Je préfère le bruit.

— Ce que j'aime, moi, dans le train, c'est voir les mêmes personnes chaque jour. J'ai l'impression de suivre un feuilleton.

Ils montèrent dans le wagon. Leurs sièges habituels étaient libres mais, d'un accord tacite, ils restèrent debout.

— La Maman épuisée, murmura-t-il.

Elle jeta un coup d'œil à la femme accompagnée des triplés.

— Tu leur donnes un nom ? Moi aussi !

— Je me demande comment elle trouve le courage d'effectuer ce trajet chaque semaine.

— Et ceux-là ? demanda-t-elle en lui indiquant le groupe de lycéens scotchés à leurs téléphones.

— Je les appelle les Terreurs du futur.

— Tu devais être pareil quand tu avais quinze ans.

— Non, je n'ai jamais été comme ça.

Elle le croyait. Par contre, avait-il toujours été aussi renfermé sur lui-même ? Ou bien étaient-ce les moments sombres de sa vie qui l'avaient façonné ainsi, qui avaient entamé sa compassion, gommé toute douceur en lui ?

Était-ce pour cette raison qu'elle avait été attirée par lui ? Il voyait clair en elle, depuis le début. Alors sans doute savait-il exactement ce qu'elle ressentait, peut-être même avant elle.

— Tu crois qu'eux aussi nous donnent un nom ?

— C'est possible.

— Je suis probablement la Femme au tricot. Ou la Fille au bonnet. Ou... Quel était le surnom que tu m'avais donné ?

— La Fille qui vise dans le mille.

Le silence s'installa une nouvelle fois entre eux mais un silence moins pesant, plus confortable.

— Et toi, comment m'appelais-tu ?

Bonne question. Elle n'allait tout de même pas lui avouer qu'elle l'avait surnommé le Beau Gosse en costume sur mesure. Ou son Petit Ami du train. Mal à l'aise, elle chercha rapidement un autre surnom.

— Le Beau Gosse au livre.

— Cela me convient.

Ouf !

Dans la ruelle menant aux locaux de Game Plan, le soleil d'hiver illuminait ce matin les œuvres de street art ornant les murs. Avait-il déjà remarqué ces œuvres ? Il n'en était pas sûr.

Il essaya de se souvenir de la vingtaine de fois où il avait fait le trajet depuis la gare mais ses souvenirs étaient flous. Il ne voyait que des formes vagues. Aujourd'hui, par contre...

— Tu sens la bonne odeur du café ?

Evie le regarda bizarrement puis indiqua d'un coup d'œil par-dessus son épaule la porte d'un café qui semblait avoir jailli soudainement du mur à sa droite.

— Il a toujours été là ?

— Je crois, oui.

Il ne l'entendit qu'à moitié car ses sens étaient trop sollicités. Le chant des oiseaux sur les toits, le sifflement des pneus des voitures sur le bitume humide, le reflet aux couleurs de l'arc-en-ciel dans la flaque d'eau devant lui... La vie lui semblait tout à coup plus colorée, plus lumineuse, différente. Tous ses sens pétillaient, comme si, pour la première fois depuis des années, il sortait d'un caisson étanche.

Revenant soudain au présent, il porta la main à son cou. Il avait oublié de mettre une cravate.

Evie l'attrapa soudain par le coude et le fit s'arrêter.

— Armand… Est-ce qu'on peut parler une dernière fois de tout ça ?

— De tout ça ?

— De ça, répondit-elle en agitant une main entre eux. Quand nous étions chez toi, la perspective de ne pas faire semblant me paraissait une bonne idée, mais maintenant que je suis ici… Quand nous entrerons, est-ce que nous pouvons agir normalement ?

— Normalement ?

— Je t'énerve, tu m'énerves…

Il éclata de rire.

— Je suis sérieuse. J'ai tellement insisté auprès des autres pour qu'ils me considèrent comme l'un d'eux que, s'ils découvraient que toi et moi…

Elle enfouit le visage dans ses mains avant de secouer la tête avec force, faisant voler ses cheveux noirs sur ses épaules.

— Jonathon nous a fait confiance pour travailler ensemble. Je n'ai pas envie de perdre son respect.

— Ton travail va-t-il souffrir de ce qui a eu lieu la nuit dernière ?

— Je ne pense pas.

— Très bien. Ce qui s'est passé hier n'est l'affaire de personne, Jonathon compris. Tu veux que mes lèvres restent scellées ? Alors elles resteront scellées, mais laisse-moi te dire que je trouve les Australiens très coincés.

— Merci.

Elle jeta un coup d'œil aux alentours, pour vérifier qu'ils étaient seuls, puis l'embrassa rapidement avant d'ouvrir la porte et de partir travailler.

Armand compta jusqu'à trente, regarda la caméra qui avait

sans doute filmé toute leur conversation, lui fit un signe de la main et entra à son tour.

— Salut, mon vieux, dit Jonathon en sortant de son bureau.

— Bonjour.

— Evie vient de passer devant moi à toute vitesse, comme si elle avait un dragon sur les talons. Tout va bien ?

— Pour autant que je sache, oui.

Jonathon le fixa un instant avant de poursuivre.

— Super. Alors, comment s'est passée la nuit dernière ?

La nuit dernière ? La nervosité le gagna jusqu'à ce que sa raison le rappelle à l'ordre. Jonathon lui demandait simplement comment s'était déroulée la soirée à l'escape game.

— Une histoire de soldat à libérer ? Quelle subtilité !

— C'est Imogen qui l'a trouvée. J'ai entendu dire que vous aviez battu un record. Jamie n'a pas réussi à tenir sa langue, je crois que c'est un fan.

Nerveux, Armand serra les poings.

— Je sais, il a des vues sur Evie depuis son arrivée.

— Je parlais de toi. Jamie veut absolument devenir comme toi.

— Ah… Très bien. Bon, je te laisse, il faut que je me mette au travail.

— Chaque chose en son temps, ce n'est pas pressé. Bon, de quoi parlions-nous ?

— Du moment où tu grandiras enfin.

— Ah, oui.

De concert, ils se tournèrent en direction de l'open space, repensant à leurs années d'université, quand grandir et mûrir étaient les dernières de leurs préoccupations.

Armand repensa aux mots de Jonathon. « Chaque chose en son temps. » Quelques semaines plus tôt, Jonathon était tellement préoccupé par son nouveau projet qu'il avait presque pleuré au téléphone pour le convaincre de venir jusqu'ici l'aider. Et aujourd'hui, il disait que le problème serait réglé en son temps ? Bizarre.

Du coin de l'œil, il observa son ami, ses doigts serrés sur

la balustrade, son regard fuyant… Jonathon cachait quelque chose, c'était évident, mais quoi ? Une nouvelle femme dans sa vie ? Une nouvelle invention à breveter ? Non, ce n'était pas ça. Sa nervosité était liée au projet, il le voyait.

— Tout va bien pour toi ?

— Bien sûr, mon vieux. Pourquoi cette question ?

Devait-il insister ? Non, pas encore. Il n'était pas prêt à se lancer dans une bataille sans une reconnaissance plus poussée.

— Pour rien en particulier. Bon, je ferais mieux de m'y mettre.

— Vas-y, cow-boy !

Debout sur le quai de la gare, Evie regardait Armand envoyer des SMS sur son vieux téléphone portable.

Cette journée avait été la plus longue de toute sa vie. Enfermée dans leur petit bureau, à essayer de focaliser son attention sur le travail, elle avait dû s'arrêter et revenir en arrière plus d'une fois, ce qui ne lui ressemblait pas. Elle avait tellement de mal à se concentrer qu'elle avait fini par demander si elle pouvait prendre son ordinateur portable et aller à la cafétéria.

Armand s'était contenté de grogner, comme au bon vieux temps. Il avait l'air mécontent depuis qu'il était entré dans le bureau. Heureusement que ce côté homme des cavernes en costume chic plaisait à Evie.

Elle avait donc déposé un baiser rapide sur sa joue avant de descendre au Miam Bar. Là, elle s'était attelée à décrypter des pages et des pages de code à la recherche d'une faille. En vain. Soit le problème était profondément caché dans les détails du code, soit Jonathon avait fait l'acquisition d'un nouveau produit fantastique.

Lorsqu'elle était remontée dans le bureau, Armand était toujours furieux.

— Tu ne veux toujours pas me dire ce qui te met dans

cet état ? lui demanda-t-elle, quelques heures plus tard, sur le quai de la gare.

Il haussa les épaules puis consulta à nouveau son téléphone en faisant quelques pas pour s'éloigner d'elle.

Réprimant un soupir, elle le suivit. Hors de question de le laisser, une nouvelle fois, se refermer comme une huître.

— Armand, que se passe-t-il ?

— Rien. Rien d'important.

À bout, elle leva les mains en l'air.

— Si c'est comme ça que va se passer la soirée, ce sera sans moi. Je n'ai pas envie de retourner chez toi et d'être obligée de me cacher dans ma chambre parce que tu boudes. Je peux très bien faire ça chez Zoé.

Il reporta enfin son attention sur elle et tendit la main dans sa direction. À cet instant, son téléphone sonna. Il la fixa en soupirant avant de répondre.

— Jonathon, j'ai essayé de te joindre toute la journée.

En attendant qu'il termine, elle regarda deux des triplés de la Maman épuisée courir sur le quai. La maman arrivait derrière, son troisième garçon endormi dans la poussette.

Elle jeta un coup d'œil en direction d'Armand. Il parlait toujours au téléphone mais ses yeux étaient fixés sur les garçons, comme un tigre prêt à bondir sur sa proie.

L'un des bambins avait atteint la ligne jaune, celle derrière laquelle les grandes personnes savaient qu'il fallait attendre. L'autre, en revanche… Evie fit un pas en avant, son instinct de fille de la campagne prête à aider venait de prendre le dessus sur la réaction d'une fille de la ville refusant de se mêler de ce qui ne la regardait pas. Puis le sol sous ses pieds commença à vibrer, le bruit métallique des roues du train sur les rails fendit l'air. Le temps s'arrêta mais la scène continua devant ses yeux, image par image, comme dans un film.

Le bambin numéro un ralentit tandis que le bambin numéro deux, pensant avoir une chance de gagner la course, continua à courir, et tomba sur les rails.

Quelqu'un cria. Peut-être elle.

Le goût de la bile remonta dans sa gorge alors que la peur et l'horreur l'envahissaient. Sans réfléchir, elle se mit à courir à son tour. Du coin de l'œil, elle vit Armand s'élancer également. Il attrapa le premier garçonnet sous le bras et le confia à un inconnu. Puis, après un coup d'œil rapide vers le tunnel dans lequel le train approchait, sauta sur les rails.

Le cœur d'Evie se serra. Ses jambes se dérobèrent sous elle et elle tomba à genoux. Elle allait le suivre lorsqu'elle entendit la mère hurler. Elle se redressa alors d'un bond et, avec une force qu'elle ignorait posséder, se précipita sur elle pour l'empêcher de se jeter sur la voie.

Une sirène se déclencha et, dans un crissement de freins, le train de banlieue freina brutalement.

Où était Armand ? Et l'enfant ? Sous le choc, elle ferma les yeux.

Lorsque le train s'arrêta finalement, elle les rouvrit lentement. Puis, à travers les vitres du train, elle le vit enfin, sur le quai opposé, essoufflé, les cheveux en bataille, le petit garçon dans les bras.

— Ils vont bien, fit-elle dans un sanglot, en empoignant la mère avec force. Ils vont bien tous les deux.

La mère s'effondra en larmes.

L'étranger à qui Armand avait remis le premier bambin s'approcha de la mère. Trop choquée pour dire merci, celle-ci attrapa son enfant et le serra contre elle.

Evie regarda des agents de sécurité, le visage fermé, étudier la scène. Au centre se trouvait Armand, racontant les faits à la façon d'un général après la bataille.

Après quelques minutes, il porta une main à sa bouche, l'y maintint un moment, avant de s'essuyer le visage et de poser les deux mains sur ses hanches. Puis il leva les yeux et, à travers les vitres poussiéreuses du train, la vit enfin.

— Emmenons-la voir son bébé, proposa soudain l'étranger à côté d'elle.

Elle acquiesça d'un signe de tête et prit la poussette pendant que l'homme réconfortait la mère et la guidait vers l'ascenseur qui les mènerait à l'autre quai.

Evie avait toujours cru que son cerveau était rapide mais, quelques minutes plus tôt, alors que le monde était sur le point de basculer dans la pire des tragédies, elle avait été lente, comparée à Armand.

Il estimait probablement n'avoir fait que son devoir mais cela ne voulait pas dire qu'elle ne pouvait pas, elle, le considérer comme un héros.

Dans une sorte de brouillard, elle vit la maman serrer ses trois enfants dans ses bras, Armand lui dire un mot à l'oreille, les voyageurs commenter la scène avec passion.

Puis Armand vint vers elle, l'attrapa par un coude et l'entraîna à l'écart.

— Bon sang, à quoi pensais-tu, Evie ? lui lança-t-il d'un ton sec. Tu étais sur le point d'aller sur la voie. Tu aurais pu te faire tuer !

— Tu as bien réussi à descendre.

— Je suis entraîné pour ce genre de choses !

— Vraiment ? Il y a un service de sauvetage des enfants tombés sur les voies de chemin de fer juste avant qu'un train entre en gare, dans la Légion étrangère ?

— Ce n'est pas drôle.

— Je n'ai jamais dit que ça l'était, Armand. C'est moi qui devrais crier ici, mais je ne le fais pas parce que tu as été incroyable. Si incroyable que je pourrais te sauter dessus, ici et maintenant.

Il la regarda avec des yeux sombres et elle se rappela ce qu'il lui avait dit sur son ex, sur la façon dont elle l'avait considéré comme un héros. Bon sang… Ce n'était pas du tout ce qu'elle voulait dire, elle ne cherchait pas à le comparer à un superhéros, elle était simplement tellement soulagée qu'il aille bien.

— On peut y aller, fit-il après quelques secondes.

— Parfait.

Ni lui ni elle ne prononcèrent un mot pendant le trajet de retour jusqu'à son appartement. La tension était si forte qu'Armand avait l'impression qu'elle scintillait dans l'air autour d'eux, comme un mirage.

La porte franchie, la tension qu'il gardait en lui explosa d'un coup et, avant qu'il s'en rende compte, il plaqua Evie contre le mur et l'embrassa comme si leur temps était compté.

Après quelques secondes, il recula néanmoins, inspira profondément et se força à se calmer.

Il riva son regard au sien. Il n'avait jamais vu une telle explosion d'émotions de toute sa vie. Confusion et désir, inquiétude, peur… Sans doute allaient-ils se disputer, maintenant ? D'après son expérience, c'était ainsi que les choses se passaient.

— Emmène-moi au lit, dit-elle plutôt d'une voix douce.

À ces mots, son cœur se brisa en deux.

— Tu m'as fait une peur bleue, Evie.

— Je sais.

— Ça fait longtemps que je n'ai pas été sur le terrain. Je n'étais pas sûr de pouvoir le faire à nouveau. Mais depuis que tu… à cause de toi… Je sens que cette partie de moi est de retour, que je peux avoir un impact, que je peux aider. Je n'aurais pas pu faire ça sans toi.

— Je n'ai rien fait, je suis juste restée là à regarder. C'est grâce à toi que ce petit garçon est en vie.

— Et moi, c'est grâce à toi que je me sens à nouveau vivant.

Cette femme avait rallumé la lumière en lui. Elle avait réveillé son humanité, elle avait ravivé l'innocence qu'il avait passé des années à essayer d'enterrer. Grâce à elle, il ne regardait plus en arrière mais il pensait à demain.

— Armand, murmura-t-elle tandis qu'une larme coulait le long de sa joue.

Il l'essuya et déposa un baiser sur sa pommette humide. Puis il la prit dans ses bras et la porta jusqu'à son lit, déterminé à savourer chaque sensation, chaque toucher, chaque sourire et chaque larme, en trois dimensions et en Technicolor, et à s'assurer qu'Evie ressente la même chose.

11.

Après avoir passé le week-end au lit, Evie s'installa à son bureau. Elle s'assura que l'assiette de chocolats était à portée de main et les coussins bien placés dans son dos, avant de se mettre au travail. Ou plutôt d'essayer de se mettre au travail car, avec Armand assis à quelques mètres d'elle, sa lampe de bureau soulignant son profil digne d'un dieu grec, elle avait du mal à se concentrer.

— Tu as besoin de quelque chose ? lui demanda-t-il sur un ton de léger reproche.

Même après un week-end de sensualité, au cours duquel elle s'était sentie plus vivante que jamais, plus chérie que jamais, Armand était de mauvaise humeur.

À vrai dire, cela ne la dérangeait pas. Ses yeux couleur orage, ses cheveux en bataille et son humeur sombre avaient un côté séduisant. C'était même ce qui l'avait attirée en premier.

— Rien du tout, merci. Tout va bien, de ton côté ?

Il ne répondit pas.

— Armand ?

Il ne réagit toujours pas et l'inquiétude la gagna. Il était à nouveau perdu dans ses pensées. Pourquoi ?

Quelques semaines plus tôt, elle n'aurait pas insisté, elle aurait fait marche arrière. Pendant longtemps, elle s'était en effet contentée de peu, que ce soit dans le travail ou dans ses rapports avec les autres, mais Armand lui avait fait comprendre qu'elle pouvait demander plus, qu'elle méritait plus.

Aujourd'hui, elle était capable de prendre des risques,

elle le savait. Elle pouvait fermer les yeux et sauter. Et si elle tombait, tant pis. Tomber pouvait même être positif.

Elle s'approcha de son bureau avec détermination.

— Armand, si tu ne me dis pas tout de suite pourquoi tu es si morose, je vais t'y obliger.

Il leva la tête et elle aperçut dans ses prunelles des lueurs qui disparurent aussi vite qu'elles étaient arrivées.

— Et comment as-tu l'intention de parvenir à tes fins ? Tu vas crier ? Taper du pied ? Aller voir Jonathon ?

Sa réponse lui fit froid dans le dos. Il ne boudait pas, non, il était simplement indifférent.

Son regard descendit vers les papiers posés devant lui.

— Qu'as-tu trouvé ?

— Rien.

Frustrée, elle serra les poings. Que devait-elle faire pour obtenir une réponse de sa part ? Trépigner ? Faire un caprice ? N'importe quelle réaction était préférable à cette froideur.

Elle se figea. Tout à coup, tous les petits cailloux trouvés depuis le début de sa mission venaient de s'aligner dans son esprit, tout devenait clair.

— Il n'y a aucun problème avec l'application, n'est-ce pas ?

Pour toute réponse, il secoua la tête.

— Je le savais ! Je ne comprenais pas pourquoi je n'avais pas encore trouvé la moindre faille, juste une ligne de code ici et là qui avait besoin d'être rationalisée. J'ai d'abord pensé que c'était parce que Jonathon s'y connaissait, qu'il avait acheté une application très sophistiquée. Et puis, j'ai songé que j'avais laissé passer quelque chose, ou que tu me distrayais. S'il n'y a aucun problème, je peux enfin arrêter de me sentir coupable, c'est une bonne chose. Bon, que fait-on, maintenant ?

— Rien du tout.

— Il faut au moins annoncer la nouvelle à Jonathon. Il sera ravi.

Armand ne répondit pas. Il la fixait, les poings serrés et, peu à peu, la vérité s'imposa à elle.

— Jonathon sait. Il a toujours su.

Sans attendre de réponse, elle se mit à faire les cent pas dans le bureau.

— Mais… pourquoi ? Pourquoi m'aurait-il fait ça ? À nous ? À toi ? C'était ça, son test ? Il voulait voir combien de temps il nous faudrait pour le découvrir ?

Quelques instants plus tard elle s'arrêta et, pensive, hocha la tête.

— Cela pourrait avoir du sens.

Épuisée, elle se laissa tomber sur le canapé. Tout à coup, sa tête tournait.

— Est-ce que cela veut dire… Ça veut dire que c'est fini. Le contrat, le projet, l'équipe, notre devise… Tout est fini.

Elle releva la tête. Armand la regardait fixement. Il n'avait pas l'air triste, ni en colère. Il avait simplement l'air las, dépourvu de toute émotion.

— Tu le savais, n'est-ce pas ?

— Je commençais à m'en douter.

— Depuis quand ?

— Depuis quelques jours. Le fait que je n'aie rien trouvé, et plus encore que toi, tu n'aies rien trouvé, m'a mis la puce à l'oreille.

— Pourquoi ne m'avoir rien dit ? Sous la douche ce matin, ou dans le train ?

Était-ce parce qu'il devinait ce que cette découverte signifiait pour eux, pour leur relation ? Non, pas Armand, ce n'était pas son genre.

— Parce que c'est ma faute, répondit-il enfin.

Elle tressaillit.

— Bien sûr que non. Bon sang, Armand ! La vie n'est pas un long fleuve tranquille. Des femmes sont enceintes, les gens tombent amoureux des mauvaises personnes, meurent de ruptures d'anévrisme avant même d'avoir trente ans… On a beau être préparé, on ne peut pas protéger tout le monde de tout. Si c'est la faute de quelqu'un, c'est celle de Jonathon.

Remontée contre leur patron, elle appuya sur l'Interphone.

— Jonathon, cria-t-elle.

— En quoi puis-je vous aider, mademoiselle Croft ? répondit l'homme.

— Passez donc me voir et je vous raconterai tout.

— J'arrive.

— Tu vois, régler la situation n'est pas si difficile.

— Evie…

Ses yeux étaient encore plus noirs que d'habitude. Elle frémit. Était-ce la peur, ou le désir, qui le mettait dans cet état ? Jonathon entra dans le bureau, une tasse de café à la main, l'empêchant de répondre à sa question.

— Que puis-je faire pour vous ?

Elle jeta un coup d'œil vers Armand. Qu'allait-il dire ? Elle avait un peu peur de sa réaction, mieux valait sans doute le devancer.

— Nous nous demandions pourquoi vous nous aviez engagés pour trouver une faille dans une application qui n'en possède pas.

— De quoi parlez-vous ?

— Jonathon, dit Armand, il est temps de mettre un terme à cette mascarade.

Jonathon les dévisagea l'un après l'autre avant de les applaudir.

— Bravo !

Elle était perdue. Était-ce un signe encourageant ? Avait-elle une chance de décrocher un emploi chez Game Plan, au service de l'homme qu'elle considérait comme son héros ?

Son héros… Pour être honnête, elle ne savait plus très bien ce que signifiait ce mot, aujourd'hui.

— Depuis quand le savez-vous ? demanda Jonathon.

— C'est Armand. Il a compris il y a plusieurs jours.

— Je ne suis pas étonné, c'est l'homme le plus intelligent que je connaisse. Il y a plusieurs jours, dites-vous… Pourquoi ne pas m'en avoir parlé plus tôt ?

— Tu sais très bien pourquoi, rétorqua Armand d'un ton sec.

— Dis-le-moi. Ou plutôt, dis-le à Evie.

Elle ne comprenait plus. De quoi parlait-il ? Son regard fit quelques allers et retours entre les deux hommes. Que lui cachaient-ils ?

— Me dire quoi ?

Armand prit une profonde inspiration et se tourna vers elle.

— Je n'ai rien dit parce que cela aurait signifié que tout était fini.

— C'est gentil mais je sais depuis le départ qu'une fois la mission terminée, tu rentreras chez toi.

Elle comptait même dessus, elle avait besoin de mettre cette expérience derrière elle pour pouvoir reconstruire sa vie sur des bases saines.

— Je ne parle pas pour moi, je parle pour toi. Cela aurait été fini pour toi.

Armand posa une main sur son bras et riva son regard au sien avant de reprendre.

— Jonathon ne t'a pas donné ce travail parce qu'il pensait que tu étais prête. Il t'a donné ce travail pour moi.

— Pour toi ? Je ne comprends pas.

— Il savait que j'étais dans une mauvaise passe, que je fuyais mes problèmes. Il m'a fait venir ici pour essayer de me réveiller. Sans succès, jusqu'au jour où tu es entrée dans son bureau. Tu ne te souviens pas ? Il t'a engagée sitôt qu'il nous a vus ensemble.

— Tu étais au courant et tu l'as tout de même laissé faire ?

— Je m'étais convaincu que l'étincelle qu'il prétendait voir n'existait que dans sa tête.

Il soupira avant de reprendre.

— J'avais tort.

Elle prit une profonde inspiration. Sa tête tournait, ses jambes vacillaient. Rassemblant les quelques forces qui lui restaient, elle se dirigea vers Jonathon Montrose, son patron, cet homme qu'elle avait longtemps considéré comme son héros mais qu'elle avait soudain très envie de gifler.

— Est-ce vrai ? Vous m'avez engagée pour jouer les appâts ?

— J'ai simplement vu l'opportunité d'une collaboration intéressante. J'ai pensé que nous pourrions tous en sortir gagnants. À l'évidence, mon plan a fonctionné à merveille.

À ces mots, la colère s'alluma en elle, elle se déchaîna, si forte qu'Evie se sentait prête à exploser. Elle serra les poings, sur le point de s'attaquer à Jonathon mais, avant même de s'en rendre compte, elle se retrouva à quelques centimètres au-dessus du sol, dans les bras d'Armand.

— Laisse-moi m'occuper de lui, lui cria-t-elle. Laisse-moi l'étrangler !

— Non. Ça ne résoudra rien.

Quand elle arrêta de se débattre, il la reposa au sol.

Sa peau la brûlait, son cœur battait à toute allure, elle avait du mal à respirer.

— Qu'il aille se faire voir, marmonna-t-elle d'une petite voix. Et toi, ne pars pas, s'il te plaît. Reste.

Abasourdie, elle ferma les yeux. Elle n'avait tout de même pas prononcé ces mots ? Si, malheureusement, elle les avait bien prononcés. Et elle les pensait parce que, même si elle savait depuis le départ qu'elle allait le perdre, la perspective de le voir s'éloigner lui brisait le cœur. Elle n'était pas suffisamment forte. Pas encore.

— Reste, répéta-t-elle, oubliant toute retenue. Reste.

Osant enfin relever la tête, elle le regarda droit dans les yeux et le regretta aussitôt. La froideur qu'elle y vit, la noirceur, lui donnèrent envie de pleurer.

Il ne lui avait pas fait suffisamment confiance pour lui faire part de ses préoccupations.

Elle lâcha un long soupir. Il était clair qu'il ne la désirait pas assez pour envisager de rester, et elle avait l'impression qu'un poids venait de lui tomber sur les épaules.

De peur que ses genoux ne cèdent, elle prit appui sur le dossier de la chaise. Il tendit aussitôt la main pour l'aider.

— Je n'ai pas besoin de ton aide, Armand. Ni de ta

protection. Je suis forte, plus forte que j'en ai l'air. Je suis une orpheline. Je suis une fille de la campagne. Je suis éduquée. Je suis capable. Peu importe ce qui m'arrive, je retomberai toujours sur mes pieds parce que j'en ai la volonté.

— Je sais que tu retomberas sur tes pieds, murmura-t-il de sa voix chaude qui lui donnait toujours la chair de poule. Tu es la femme la plus forte, la plus douce et la plus intrépide que j'aie jamais connue.

Alors reste, le supplia-t-elle en silence. Bats-toi pour moi. Aime-moi.

— Je tiens à toi mais chaque fois que je laisse quelqu'un s'approcher, il souffre. Si tu ne le comprends pas, alors je ne sais pas ce qui t'aidera à le comprendre. Tout est ma faute, Evie, et je ne pourrai jamais assez m'excuser.

Il se souciait d'elle, elle en avait la certitude. Au plus profond d'elle-même, elle pouvait le voir dans ses yeux, dans ses sourires, dans ses silences.

— Je tiens à toi aussi, mais pour moi, me soucier de toi, c'est rester dans les parages. Quand quelqu'un t'offre de l'attention, de l'affection, de l'amour, tu le repousses sous prétexte que tu ne veux pas le faire souffrir. En réalité, tu as simplement peur.

Refoulant les larmes qui lui brûlaient les yeux, elle tendit la main à Jonathon, ignorant volontairement Armand.

— Merci, monsieur Montrose. Merci de m'avoir donné une chance et de m'avoir forcée à prendre un risque.

Elle attrapa son sac à dos, son bonnet, son porte-clés, et se dirigea vers la porte.

— Prenez le reste de la journée, mademoiselle Croft, lui lança Jonathon. Vous le méritez.

— C'est bien mon intention. Il faut que je me trouve un nouvel appartement, et un nouveau travail.

En sortant du bureau, elle entendit vaguement Jonathon dire quelque chose.

— Que s'est-il passé ? demandait celui-ci à Armand. Je ne comprends pas.

— Elle a démissionné, imbécile ! Cette femme est la meilleure chose qui te soit arrivée et tu ne t'en es même pas aperçu.

— Tu devrais peut-être te regarder dans un miroir !

Inutile d'écouter la fin de la conversation. Elle accéléra mais Armand la rattrapa dans l'escalier et la força à se retourner.

— Ne fais pas ça, Evie. N'abandonne pas.

— Abandonner quoi ? Nous ? Toi ?

Elle savait ce qu'il voulait dire, mais elle avait besoin qu'il prononce les mots.

— Ne laisse pas passer cette opportunité. Tu t'épanouirais ici. Jonathon est un abruti, oui, mais c'est le meilleur dans son domaine. Sers-toi de lui comme d'un tremplin. Tu peux lui demander tout ce que tu veux, tu l'obtiendras.

— Je n'ai pas besoin de Jonathon Montrose pour obtenir ce que je veux. Et si tu n'es pas capable de le comprendre…

Elle avait pris des risques, elle s'était mise dans une situation plus délicate qu'elle l'aurait voulu, et elle était tombée. Son ego avait souffert, son cœur aussi, hélas.

Elle pensait que briser la malédiction du biscuit chinois la libérerait. Au lieu de cela, elle avait basé son avenir sur un mirage. Tout était désormais clair. Elle en avait fini avec cette ville. Elle avait fini d'essayer de faire ce qui était juste et d'échouer de toute façon.

Elle sortit dans la ruelle et s'appuya contre le mur. Sa tête se mit aussitôt à tourner. Tout à coup, elle avait l'impression de tomber dans le vide.

Il n'y avait qu'un seul endroit capable d'amortir son atterrissage, la ferme.

Oui, il était temps pour elle de rentrer à la maison.

12.

La maison de retraite où vivait son grand-père était lumineuse mais, surtout, confortable. Aucun courant d'air ne passait sous les portes comme à la ferme. Ici, il bénéficiait du chauffage central et de la compagnie de personnes du même âge que lui. D'ailleurs, un des résidents devait fêter son anniversaire aujourd'hui car le salon était décoré de ballons.

— Evie, ma chérie ! s'exclama son grand-père en l'apercevant.

Elle tomba dans ses bras et se mit aussitôt à pleurer, laissant couler toutes les larmes qu'elle retenait depuis si longtemps.

— Viens, ma chérie. Assieds-toi.

À bout, elle se laissa tomber sur une chaise en plastique.

— Evie ! s'écria une résidente, vite imitée par d'autres.

Devinant ce que les vieilles femmes attendaient, elle sortit de son sac les bonnets qu'elle leur avait tricotés.

— J'espère que tu ne passes pas tout ton temps libre à tricoter, dit son grand-père à voix basse.

— Ne t'inquiète pas. J'ai aussi beaucoup travaillé, et je me suis fait de nouveaux amis, comme tu le souhaitais.

— Et Zoé ?

— Elle est sur un petit nuage. Lance est de retour, pour de bon. Il a emménagé avec elle.

— Tant mieux pour eux. Et toi, ma chérie ? As-tu trouvé un gentil jeune homme qui te comble de bonheur ?

Elle se força à sourire.

— Je ne suis pas venue ici pour parler de moi, je suis là pour toi.

Elle avait quitté son grand-père mais, à l'évidence, il allait très bien. Il allait même mieux qu'elle l'avait jamais imaginé. Il avait l'air heureux. Avec un peu de chance, peut-être trouverait-elle, elle aussi, le bonheur.

Pas aujourd'hui, mais un jour, dans le futur.

Au volant du vieux camion de son grand-père, elle s'engagea dans l'allée menant à la ferme.

De loin, elle salua Steve, le jeune homme à qui elle louait la ferme. Plus d'une fois, il lui avait proposé de la racheter mais elle avait toujours refusé, se répétant qu'elle la gardait pour que son grand-père sache qu'il était parti par choix, et non parce qu'elle et ses médecins l'y avaient obligé.

Elle se gara et, tout à coup, tout s'éclaira en elle. En fait, elle n'avait pas gardé la ferme pour son grand-père mais pour elle, comme solution de repli si son expérience à Melbourne n'était pas couronnée de succès. Malheureusement, cette décision l'avait empêchée de se donner à fond.

— Evie, dit Steve en la rejoignant.

— Comment vas-tu ?

— Tu sais… La vie. Tu restes quelques jours ? lui demanda-t-il en faisant un signe de tête en direction de la maison. Ton ancienne chambre est devenue la chambre d'amis.

— Avec plaisir.

Elle dormit très profondément, n'ouvrant les yeux qu'à 9 heures passées, bien après l'horaire de réveil de la ferme. Encore une preuve qu'elle était devenue une fille de la ville. Son horloge biologique n'était plus à l'heure de la campagne.

Lorsqu'elle entra dans la cuisine, Steve était déjà parti travailler, comme sa femme.

Elle aperçut un mot sur la vieille table de la cuisine.

Il y a des œufs, du bacon et du lait frais dans le frigo.

Elle mit une tranche de pain dans le vieux grille-pain et, en attendant qu'elle chauffe, fit un tour dans la maison de son enfance, s'attardant un moment devant la toise, sur la porte du cellier.

Pourrait-elle revivre ici ? Le village était agréable, charmant… Le problème, c'était que cette maison n'était plus la sienne, plus maintenant.

Armand l'avait peut-être laissée tomber, mais il l'avait aussi aidée à grandir grâce à son profond sens du devoir, à son esprit d'aventure et à sa détermination à défendre ce qu'il pensait être juste. Après une telle rencontre, impossible de faire marche arrière. Impossible d'avancer dans la vie en faisant de petits pas. Aujourd'hui, elle était enfin prête à oser, à se battre et à garder la tête haute en toutes circonstances.

Elle souffrirait, forcément. Elle ferait des erreurs, évidemment, mais ce n'était pas un problème. Une telle vie serait plus stimulante, plus belle.

Oui, sa décision était prise. Hors de question de passer un jour de plus sans vivre sa vie au maximum.

La bouche pleine, elle attrapa la feuille sur la table et la retourna pour griffonner un mot à l'attention de Steve.

Si tu veux la ferme, elle est à toi.

Sitôt ses mots couchés sur le papier, le soulagement la gagna. Elle s'était enfin débarrassée des dernières entraves qui la retenaient. Elle était enfin libre. Maintenant, il ne lui restait plus qu'à découvrir ce qu'elle voulait et tout faire pour atteindre son but.

En haut de cette liste, figurait le beau gosse en costume sur mesure, évidemment. Armand était ce qu'elle attendait de la vie. Il l'était depuis qu'elle avait posé les yeux sur lui.

Et elle était à lui.

Il avait peut-être mis plus de temps à s'en rendre compte, parce qu'il était têtu, mais il ressentait la même chose qu'elle, elle le savait.

D'ailleurs, il le lui avait avoué, du moins à sa façon.

Il avait beau prétendre qu'il n'était pas un héros, il estimait que c'était à lui de sauver le monde, tout seul. Il se considérait comme l'unique responsable de tous les problèmes. Il l'avait laissée partir non pas parce qu'il se fichait d'elle mais au contraire parce qu'il se souciait d'elle. À elle maintenant de lui prouver qu'il n'était plus seul et qu'elle serait là quoi qu'il arrive, à le soutenir, à lui tenir la main, à l'écouter, à le suivre.

Elle se dirigea vers la toise et déposa un baiser sur la dernière encoche de sa mère, puis fit un dernier tour dans la cuisine de la ferme pour lui dire au revoir.

Et maintenant ?

Une couverture sur le dos pour se tenir chaud, sa tartine à la main, elle sortit sur le porche. Elle voulait informer Steve de sa décision.

Elle fit quelque pas avant de s'arrêter net, bouche bée, incrédule.

— Armand ?

Il s'arrêta au milieu de l'escalier menant au porche, les yeux écarquillés. Peut-être ne la reconnaissait-il pas avec ses cheveux emmêlés, sa couverture sur le dos et ses vieilles bottes.

Elle le dévisagea. En élégant pantalon en toile, chemise et pull en cachemire, c'était l'image même de l'homme détendu et sûr de lui. Seuls ses yeux trahissaient son émotion.

— Comment m'as-tu trouvée ?

— J'ai interrogé Zoé. Malheureusement, même sous la torture, elle n'a pas cédé.

— Et toi qui te vantes d'avoir été militaire…

À ces mots, une étincelle s'alluma dans les profondeurs orageuses de ses prunelles.

— C'est Jonathon, alors ?

— Oui. Il me le devait bien. Il a consulté ton dossier. Ton grand-père est mentionné comme parent le plus proche, avec l'adresse de la ferme.

Elle fit un pas vers lui puis, comme aimantée par son incroyable charisme, un autre.

— Pourquoi es-tu ici ?

— Tu sais bien pourquoi, répondit-il avec son envoûtant accent français.

En effet. Elle connaissait la réponse, parce qu'elle était intelligente et parce qu'elle savait qu'il n'était pas homme à agir sans raison.

Elle fit un nouveau pas vers lui. Au même instant, il tendit un bras, l'attira à lui et l'embrassa. Magiquement, elle arrêta de réfléchir et lui rendit son baiser, oubliant tout.

Quand elle rompit leur étreinte, elle prit une profonde inspiration, savourant l'air frais de la ferme et le parfum musqué d'Armand. Sa présence la remplissait de chaleur, d'espoir, de bonheur.

Je suis au paradis, grand-père !

Elle était déjà impatiente d'organiser les présentations entre ses deux hommes préférés au monde.

Heureuse, elle entoura Armand de ses bras et enfouit son visage dans son cou. Elle jeta ensuite sa tartine dans l'herbe et regarda les canards s'en emparer.

— Evie, je m'excuse. J'aurais dû te prévenir, dès que j'ai compris ce qu'avait fait Jonathon.

— Tu aurais dû, en effet. Tu pensais me protéger, c'est gentil, mais la prochaine fois, sache que m'inclure est toujours préférable.

— La prochaine fois ?

— Oui, s'il te plaît.

Il déposa un baiser tendre sur le bout de son nez, puis un autre sur le bord de son œil et un dernier sur sa bouche comme pour marquer qu'elle lui appartenait.

— J'ai vraiment eu envie de tuer Jonathon pour nous avoir fait subir tout ça. D'un autre côté, j'aurais pu l'embrasser pour le remercier.

Il plaqua sa bouche sur la sienne avant de l'embarquer dans un baiser gourmand qui la fit frissonner de tout son être.

— J'ai eu cette même envie de nombreuses fois. Pas l'envie de meurtre, celle de te prendre dans mes bras et de t'embrasser.

— Maintenant, dit-il, j'ai une question à te poser.

— Vas-y.

— Es-tu venue ici parce que tu as finalement compris que t'installer à la ferme était le rêve de ta vie ?

Elle éclata de rire.

— Non.

— Alors que dirais-tu de travailler pour Jonathon ? Je crois savoir qu'il va te faire une généreuse offre d'emploi.

— J'ai déjà cette expérience.

— Tant mieux parce que la conversation que nous avons eue sur l'importance de suivre sa curiosité est restée dans ma mémoire. Et j'ai eu une idée qui, je l'espère, excitera ta curiosité.

— Je vais finalement être chauffeur de bus ? Ou une danseuse pompier volontaire à ses heures perdues ?

— Si c'est ton rêve, alors je le soutiendrai de tout cœur mais j'ai une autre offre à te faire. Que dirais-tu de travailler pour moi ?

— Pour toi ou avec toi ?

Il souriait mais son sourire ne trahissait rien.

— Je suis en train de créer un bureau en Australie. J'ai fait la plupart des préparatifs pendant mon voyage en train, les détails sont donc sommaires, mais que dirais-tu de m'aider à concevoir des applications de sécurité pour les travailleurs qui voyagent la nuit ? Ainsi qu'une application de cours d'autodéfense. Tu pourrais engager ta propre équipe, triée sur le volet. Qu'en penses-tu ?

Était-il possible de sourire de la plante des pieds jusqu'au sommet de la tête ? Parce que c'était exactement ce qu'elle ressentait à cet instant.

— Je pense que tu m'as embrassée uniquement pour m'adoucir et que j'accepte de travailler pour toi. Tu es encore plus sournois que Jonathon.

Il souriait mais son regard était soudain plus sérieux.

— Evie, je ne suis pas seulement venu jusqu'ici pour te

proposer un travail. Je suis venu t'offrir une vie. Ma vie. Je sais que j'ai des défauts, que j'ai du mal à demander de l'aide…

— Tu es aussi généreux. Astucieux. Loyal. Inébranlable. Et d'une beauté dévastatrice.

Il l'attira plus près et sa température monta en flèche.

— En prenant tous ces éléments en compte, j'espère que tu accepteras de me prendre comme je suis.

— Je te prendrai de toutes les façons possibles, répondit-elle avant de repousser la mèche de cheveux tombée sur ses yeux. Tu n'as pas idée à quel point je suis heureuse de t'entendre prononcer ces mots.

Il inspira, ses yeux parcourant lentement son visage comme s'il n'en revenait pas de sa chance.

— Ce jour-là, quand j'ai cru que tu allais sauter sur la voie ferrée, ma vie a défilé devant mes yeux, une vie dans laquelle tu n'étais plus. Toutes les horreurs dont j'avais été témoin au cours de mon existence se sont rassemblées en une boule de plomb à l'intérieur de moi et je ne pouvais pas sortir cette image de ma tête.

Oh ! Armand.

— Après ton départ, je pensais retourner à Paris. J'avais choisi de fuir parce que cela me semblait préférable à une vie sans toi, jusqu'à ce que je me rende compte que la chose que je craignais le plus était arrivée de toute façon. Tu étais loin de moi. Je n'allais plus jamais te revoir et j'étais le seul fautif.

Elle ouvrit la bouche pour le contredire, pour admettre qu'elle avait aussi sa part de responsabilité dans ces événements, mais il se pencha vers elle et appuya son front sur le sien et, magiquement, les mots qu'elle voulait prononcer s'évanouirent.

— Je t'aime, Evie. Une vie sans toi n'est pas une vie. Je te veux avec tous les risques et la joie que tu apportes. Je suis venu ici dans l'espoir de te convaincre de me donner une seconde chance.

Son cœur battait si vite qu'elle pouvait à peine respirer. Son esprit était en ébullition, son sang rugissait dans ses veines.

Elle esquissa un sourire d'abord timide, puis plus large, avant d'éclater de rire.

— Armand, je suis amoureuse de toi depuis que je t'ai aperçu pour la première fois, quand tu n'étais que mon Petit Ami du train, le Beau Gosse en costume sur mesure. Maintenant que je te connais, que je connais l'homme derrière la façade, l'homme de chair et de sang, de cœur et d'âme, je t'aime plus que tout.

Il riva son regard au sien. Dans ses prunelles, elle apercevait des tourbillons d'émotions, plus belles les unes que les autres.

— Et moi, je t'aime depuis plus longtemps encore. Je t'aimais avant même notre rencontre.

— Vraiment ?

— Imagine un des endroits les plus sombres de la planète, mon corps épuisé, mon esprit luttant pour former une pensée cohérente. Une nuit, j'ai levé les yeux, regardé les étoiles et prié pour que quelque part dans le monde, une femme soit en train de regarder ces mêmes étoiles. Une femme dont la joie et la détermination, l'originalité et la gentillesse pourraient illuminer l'obscurité.

Elle ne se rendit compte qu'elle pleurait que lorsque Armand passa la pulpe de son pouce sur sa joue. Elle prit alors possession de sa bouche avec passion, avec tout l'amour qu'elle ressentait pour lui.

— Tu es la fille des étoiles, Evie, ma lumière pour sortir de l'obscurité. Ma vie ne commence réellement qu'aujourd'hui et je veux passer chaque jour de cette vie avec toi.

— Oui, oui, oui, oui, oui, oui !

Un sourire jusqu'aux oreilles, Armand la serra un peu plus fort entre ses bras puissants avant de la soulever du sol. Il la fit ensuite tournoyer avant qu'elle éclate de rire, si fort qu'elle pouvait à peine reprendre son souffle.

— Alors fichons le camp d'ici, murmura-t-il.

— Oui, rentrons à la maison.

Épilogue

Assise dans le train qui la menait en ville, Evie s'abandonna aux mouvements réguliers du wagon. Trois mois s'étaient écoulés depuis ce jour à la ferme, où Armand l'avait littéralement emportée. Depuis, sa vie ressemblait à un tourbillon.

Après sa demande en mariage, elle était rentrée chez Zoé, avait passé une semaine chez son amie pour dire au revoir à leur vie de célibataires, puis avait préparé ses affaires. Enfin, son sac sous le bras, elle était partie s'installer chez Armand.

Avec Armand, ils étaient ensuite allés voir Jonathon. Elle l'avait remercié de son offre mais lui avait annoncé qu'elle avait trouvé un poste plus adapté à ses compétences.

Aujourd'hui, elle dirigeait la division cybersécurité de la société d'Armand. Elle avait du personnel à disposition, une équipe de femmes intelligentes et douées en informatique.

— Tu as assez de place ? lui demanda Armand.

Elle se blottit contre lui et appuya la tête sur son épaule. Ses yeux glissèrent vers la mère de famille épuisée, vers les lycéens avec leurs énormes sacs, les jeunes fans de yoga… Elle esquissa un sourire, chacun d'entre eux contribuait, à sa façon, à faire de sa ville ce melting-pot vibrant qu'elle adorait.

— Regarde !

Elle leva les yeux vers Armand. L'orage dans ses yeux s'était dissipé, laissant place à un océan d'un bleu infini.

— Là-bas, lui indiqua-t-il d'un signe de la tête.

Un autre couple venait de s'installer un peu plus loin. Un jeune homme à lunettes lisait un livre à une fille dont les cheveux noirs étaient partiellement cachés sous un bonnet bleu marine couvert de petites étoiles dorées.

Son regard s'arrêta sur le bonnet. Était-il fait main ?

Elle se redressa d'un coup et attrapa son téléphone. Elle trouva rapidement l'application qu'elle cherchait et remonta des mois en arrière jusqu'à dénicher la bonne page. Puis elle la colla sous le nez d'Armand, l'écoutant d'une oreille distraite pendant qu'il lisait.

Nouveau dans ton orbite, je me trouve frappé
Par tes cheveux de jais et tes yeux étoilés. Quelle chance
que je puisse te voir deux fois par jour.
Tu es mon phare dans cet océan d'inconnus.
Tes sourires ensoleillés illuminent mes journées
Tes soupirs du soir apaisent mes nuits.
Si seulement j'avais le courage de t'aborder…
En attendant, je reste seul et je pense à toi.
Moi, ton admirateur secret.

— Eh bien…, marmonna-t-il. On pourrait penser que le poème a été écrit pour toi.

Elle sourit et déposa un baiser rapide sur sa joue.

La vie jouait parfois des tours. De nombreuses forces extérieures avaient contribué à les réunir. Une prédiction douteuse, le poème de quelqu'un d'autre et une mauvaise fée du nom de Jonathon Montrose. Mais la vérité était qu'ils s'étaient trouvés dans le train avant même que tous ces éléments interviennent. Ils s'étaient croisés à un moment de leur vie où l'idée du coup de foudre était trop impressionnante pour y croire.

— Veux-tu que je te fasse la lecture, mon amour ?

— Tout dépend de ce que tu lis, répondit-elle tout en sachant qu'il aurait pu lui lire le dos d'une boîte de céréales, sa voix lui ferait tout de même trembler les genoux.

Il sortit le livre qu'il avait glissé dans son manteau, *Cyrano de Bergerac*.

— Armand Debussey, tu es un romantique.

— Je suis français !

En fin de compte, elle n'avait fait qu'effleurer la surface de cet homme. Son code était tellement perfectionné qu'il serait sans doute le seul projet qu'elle ne pourrait jamais complètement résoudre, mais cela lui convenait.

Elle était même impatiente de passer sa vie à tenter de le décrypter et de le découvrir.

Retrouvez prochainement,
dans votre collection

AZUR

Trahie par son fiancé, de Chantelle Shaw - N°4455

Alors qu'elle s'apprête à épouser Jace Zagorakis, un nabab plus beau qu'un dieu de l'Olympe, Eleanor découvre avec horreur que son fiancé n'est autre que l'ennemi de son grand-père. Loin de l'aimer, il ne cherche à travers leur mariage qu'à mettre la main sur le luxueux hôtel dont elle est l'héritière ! Dévastée, elle fuit cet homme qui l'a trahie, jusqu'à ce qu'il la retrouve un an plus tard pour la contraindre à tenir sa promesse : soit elle devient sa femme, soit il ruinera sa famille…

Trop proche de lui, de Millie Adams - N°4456

La vie est un jeu dangereux, la princesse Annick l'a appris à ses dépens. Alors qu'elle vient tout juste de recouvrer sa liberté, après des années de captivité, il lui faut monter sur le trône que ses ennemis convoitent. Traquée de toutes parts, elle demande son aide à Maximus King. Seul un homme de son étoffe pourra la protéger et lui permettre d'accomplir sa destinée en servant son peuple. Or celui-ci pose immédiatement ses conditions : il sera l'allié d'Annick, si elle fait de lui son roi…

Le bébé de Sa Majesté, d'Annie West - N°4457

Il suffit d'un regard pour qu'Aurélie succombe au charme du ténébreux Lucien. Et, bien qu'il lui affirme n'être que de passage dans la région, elle s'abandonne entre ses bras durant une nuit fabuleuse. Une nuit sans lendemain mais qui révèle bientôt ses conséquences… Lorsqu'elle se retrouve enceinte, Aurélie se met en quête de son amant et découvre avec consternation qu'il n'est autre que l'héritier de Vallort – un roi !

Le baiser du prince, de Katrina Cudmore - N°4458

« Je veux que tu sois ma femme… » Face à la proposition du prince Edwin, Kara reste sans voix. Certes, il ne s'agirait entre eux que d'une union de convenance permettant à son meilleur ami d'accéder au trône de Monrosa, pourtant elle redoute de compromettre ce lien unique qui les lie depuis l'adolescence. Incapable d'abandonner Edwin à son sort, Kara accepte d'être sa princesse. Or le baiser destiné à sceller leur accord la bouleverse soudain, quand de chaste il se fait brûlant…

La douce morsure du désir, de Jennifer Garland - N°4459

Pour Emily, Sandlake Meadows est bien davantage qu'un domaine consacré à l'élevage de pur-sang. C'est son histoire, son héritage – toute sa vie ! Aussi, quand Mark Callaghan, un arrogant promoteur immobilier, lui propose d'acheter ses terres, est-elle sur la défensive. Comment pourrait-elle accepter que ces lieux chargés de souvenirs soient dénaturés à jamais par cet homme d'affaires puissant et sans scrupule ? Hélas, ce dernier se montre aussi persuasif qu'irrésistible. Et à mesure qu'ils se rapprochent tous les deux Emily craint de ne bientôt plus pouvoir résister au désir fou qu'il lui inspire…

Son irrésistible patron espagnol, de Susan Stephens - N°4460

Grand, ténébreux et viril : Raffa Acosta est l'homme le plus sexy de la terre, selon Rose. Mais il est surtout son patron, elle ne doit pas l'oublier, même si ce soir tous deux dansent langoureusement à l'occasion d'un mariage. Dès demain, Raffa redeviendra le célèbre joueur de polo que tout le monde admire et elle, une simple palefrenière. Du moins le croit-elle, car il lui propose soudain de passer une semaine en tête à tête avec lui, sur son yacht…

L'héritière d'une île grecque, de Jennifer Faye - N°4461

Les chanceux qui se disent oui sur l'île de l'Éternité resteront unis à jamais. La légende est si belle que les couples affluent du monde entier pour se marier là, dans cet endroit enchanteur dont Lea est l'héritière. Hélas, malgré tous ses efforts pour développer sa société d'organisation de mariages, Lea rencontre de grandes difficultés financières. Pas question pour autant d'accepter l'offre d'achat de Xander Marinakos qui ne voit dans ce lieu romantique qu'un moyen d'étendre son empire…

La reine de Cyrano, de Marcella Bell - N°4462

SÉRIE : *GARDE ROYALE* - 1/3

Enfin, Mina voit son rêve se réaliser : elle vient d'être nommée conseillère scientifique du souverain de Cyrano. Un grand honneur et l'occasion pour elle de servir son pays. Hélas, à peine a-t-elle le temps de se réjouir qu'elle est enlevée et conduite de force dans une chapelle où l'attend le roi Zayn lui-même. Celui-ci, qu'elle rencontre pour la première fois, a une révélation à lui faire : un accord a été conclu entre leurs pères respectifs il y a bien longtemps de cela et, s'il entend qu'elle joue un rôle auprès de lui, c'est en tant que son épouse et sa reine…

Le rêve d'Izzy Stowe, de Cathy Williams - N°4463

SÉRIE : *LE MYSTÈRE DES STOWE* - 2/3

C'est le cœur brisé qu'Izzy Stowe se réfugie dans le ranch familial. Sous le soleil californien, elle espère panser ses blessures. Mais dès son arrivée elle se heurte à Gabriel Ricci, son irascible voisin. Alors qu'elle voudrait le détester, Izzy le découvre papa d'une adorable fillette dont il craint de perdre la garde s'il ne peut témoigner de sa stabilité. Un défi que Gabriel lui demande de relever avec lui, en se faisant passer pour sa fiancée...

Dans le lit d'un milliardaire, de Louise Fuller - N°4464

De retour d'une exploration polaire, Arlo Milburn est heureux de rentrer à Hadfield Hall, son manoir isolé et tranquille. Or alors qu'il se croit seul il découvre une inconnue dans son lit ! Celle qui se présente sous le nom de Frankie est une amie de son frère, lui explique-t-elle, tout en éveillant chez lui méfiance... et désir. Bien qu'il veuille lui demander de partir, il ne peut s'y résoudre. Une tempête fait rage dehors, et Arlo n'a d'autre choix que d'offrir l'hospitalité à la belle intruse...

La vengeance de Lazaro Herrera, de Jane Porter - N°4465

Lazaro Herrera ! En découvrant l'identité de son ravisseur, Zoé a le souffle coupé. L'homme qui l'a si honteusement kidnappée n'est autre que le beau-frère de sa sœur ! Dans son regard, elle lit une colère froide qui ne laisse pas l'ombre d'un doute : elle est l'instrument parfait de sa vengeance. En s'en prenant à elle, en effet, il ne manquera pas d'atteindre sa sœur et son mari, à qui il reproche d'avoir gâché sa vie. Face à cet homme si ténébreux, Zoé est démunie... mais aussi confuse. Car, lorsque Lazaro s'approche d'elle, l'alchimie qui opère entre eux se fait dangereusement tentatrice...